KB134503

그저 그리워할 뿐이다

목차

1부_

그
리
움

2부_

일
상

3부_

꿈

4부_

인
생

머리말

친구의 오래된 옛집에 간 적이 있어요.

몇십 년 된 그의 집은 오랜 시간을 거슬러 그때의 모습 그대로 남아, 이제는 카페가 되어 있었어요.

저는 예전의 향수를 먼저 느낍니다만, 그런 것이 있을 리 없는 사람들도 그의 집이었던 카페를 많이 찾아오더군요.

누군가의 말을 듣고, 누군가의 손을 잡고, 혹은 SNS의 멋진 풍경을 보고 왔겠지요.

그렇게 오래된 집은 여전히 살아 숨 쉬며, 많은 이와 함께 하고 있었어요.

이야기가 담긴 우리의 시간도 그러했으면 해요.

오래된 것이 모두 낡은 것으로 치부되어 사라지거나, 부수어지지 않기를 바라지요.

우리 곁에 남아 오래 기억되었으면 하고요.

책이라는 공간에서 그렇게 누군가는 그리움을 떠올리고, 또 다른 누군가는 그리움을 만들어나갔으면 좋겠어요.

살아간다는 것은, 결국 그렇게 그리움이 쌓이는 일이니까요.

지나간 시간을 빠짐없이 기억할 수는 없겠지만, 최대한 많이, 그리고 오래 추억할 수 있다면 삶이 좀 더 행복해지겠지요?

우리 인생에 그리운 것은, 앞으로도 더 많아졌으면 해요.

2022. 3. 전명원

그저
그리워할 뿐이다

앵두나무가 있는 마당

어려서 살던 집 마당에 앵두나무가 있었다. 앵두 알이 올망졸망 달리기 시작하면, 채 익지도 않은 앵두를 개구쟁이 동생이 다 따버릴까 봐 엄마는 "저거, 먹으면 죽는 열매다."라고 했다. 한참 극성맞은 나이 대여섯 살 무렵의 어렸던 동생은 그 말에 겁을 먹고 앵두가 다 익도록 건드리지 않았다. 나는 엄마가 그런 말로 동생을 겁줄 때 웃음이 났지만, 짐짓 모른 척했다.

앵두를 과일가게에서 보기는 쉽지 않다. 지난 초여름 동네 과일가게에서 신기하게도 앵두를 판다며 남편이 사 들고 왔었다. 정말 오랜만에 보는 앵두. 사실 앵두라는 것이 특별하게 맛있지도 않고, 씨가 대부분인지라 먹기가 편한 것도 아니다. 하지만 앵두를 생각할 때마다 늘 어린 시절의 그 옛집 마당이 떠오른다.

아빠는 군인이었다. 관사에서만 살다가 부모님이 지은 첫 집으로 이사했다. 마당에서 할머니는 심심풀이로 닭을 길렀고, 조그만 잔디밭을 가꾸고, 회양목 몇 그루와 앵두나무를 돌보았다. 큰 개도 길렀는데 아빠가 부대 안에서 만들어온 개집은 커도 너무 컸다. 우리 삼 형제는 개를 몰아내고 셋이 비집고 들어가 놀다가 늘 엄마에게 혼났다. 우리가 개 대신 들어가 놀았던 거대한 개집의 퀴퀴한 냄새를 아직도 기억한다. 너무 컸던 개가 다른 곳으로 보내진 이후에도 그 개집은 빈 채로 남아서 우리의 동화 속 장난감 집이 되어주었다. 뿐만 아니라 앵두나무가 있던 옛집 마당은 그 자체로 우리들의 놀이터였다.

앵두나무는 딱 앵두가 붉게 열릴 즈음에만 우리의 관심을 끌었다. 늘 그 자리에 있던 것이 아니라 어느 날 갑자기 붉은 앵두를 가지에 잔뜩 달고 불쑥 나타난 듯 말이다. 동생은 엄마의 말씀에 겁을 먹고 앵두가 열리기 시작하면 근처엔 얼씬하지 않았지만, 나는 동생 몰래 슬쩍 한두 알씩 따서 입에 넣곤 했다.

그 이후로도 우리는 여러 번 이사했지만 늘 수원 안에서였다. 아빠는 다른 지방의 부대에 있는 때에도 나중에는 고향인 수원으로 돌아올 생각이었으므로, 우리는 항상 수원에서 살았다. 그 덕에 친구들이 아빠를 따라 대여섯 번씩 전학을 다닐 때도 우린 단 한 번도 전학하지 않았다.

제대 후에 아빠는 그렇게 고향에 돌아왔다. 우리가 어렸을 때 처음 관사 밖으로 이사 나왔던 그때처럼 또 한 번 집을 지었다. 그리고, 부모님은 새로 지은 집 마당에 또다시 앵두나무를 심었다.

초여름이면 붉은 보석 같은 앵두가 열렸다. 어느 해엔 주렁주렁 많이도 열려 초록 잎들 사이로 앵두가 다닥다닥 붙었다. 또 어느 해엔 거의 열리지 않는 해도 있었다. 마당에 앵두가 열리면 동생을 놀리곤 했다.

"너 어렸을 때 익지도 않은 앵두 다 따버릴까 봐 저거 먹으면 죽는다고 했더니 절대 안 건드리더라."

동생은 기억나지 않는다고 우겼다. 해마다 마당에 열린 앵두를 땄다. 앵두는 달았지만 특별한 맛은 없었고, 딱히 해 먹을 것도 없어서 장난삼아 따서 몇 개씩 입 안에 넣고 오물거리다 마당에 씨를 뱉곤 했다.

딸아이가 태어났다. 동생은 막 태어난 조카를 신기한 듯 보았고, 백일 선물을 미리 한다며 유모차를 사주고는 군에 입대했다. 그리고는 집으로 영영 돌아오지 못한 채, 영원한 군인으로 남았다. 동생이 떠나고 초여름, 앵두가 열렸다. 어느 날 엄마가 말했다.

"마당에 앵두가 많이 열렸다. 와서 다 따가거라."

부모님 댁 근처에 살던 나는, 어렸던 딸을 데리고 가서 붉은 앵두를 땄다. 햇살 아래 붉고 투명한 앵두가 나뭇가지에 다닥다닥 붙어있었다.

　"한번 앵두 따는 걸 봤으니 내년부턴 앵두 열리면 미리 못 따게 꼭 얘기해라. 안 익은 거 먹으면 죽는다고, 큰일 난다고."

　엄마가 예전 동생에게 하듯 말했다. 엄마도, 나도 웃었다. 눈물이 날 것 같았지만, 우리는 그냥 웃었다. 다음 해에도, 그다음 해에도 마당에는 계속 앵두가 열렸다. 엄마는 손녀에게 말했다.

　"안 익은 거 먹으면 죽는 열매다, 절대 따면 안 된다."

　하지만 딸아이는 동생과 달리 앵두에 별 관심이 없었다. 나 역시도 이제는 앵두 열리는 것이 신기하지도 않고, 앵두 따는 것이 재밌지도 않았다. 해마다 앵두는 저 혼자 열리고, 어느샌가 사라졌다. 매해 엄마가 혼자서 그 앵두를 땄을 게 분명하다.

　가끔 생각했다. 부모님은 왜 굳이 집을 지으며 마당에 앵두나무를 심었을까. 부모님이 처음 장만했던 옛

집 마당의 앵두나무를 생각하고 또다시 앵두나무를 심었으려나. 동생이 떠나고 나서 앵두를 따며, 그제야 그 이유가 궁금했다. 하지만 동생이 떠나고 없어서, 여름이면 올망졸망 열리는 것이 앵두여서, 그래서 한 번도 엄마에게 물어볼 수 없었다. 이제쯤엔 한 번쯤 지나가듯 물어볼 수도 있겠지만, 대답해 줄 엄마는 없다.

누군가 곁을 떠난다는 것은, 궁금한 것을 더 이상 물어볼 데가 없어진다는 것이기도 하다. 떠나는 사람은 궁금함을 가져가지 않는데, 그 궁금함은 해소되지 않은 채 그대로 남으니 떠난 사람들이 그렇게도 그리운 것이 아닐까.

어느 해인가 엄마가 말했다.

"마당에 앵두도 대추도 이제 잘 열리지도 않고, 벌레만 자꾸 생기는데 그냥 잘라내 버릴까."

그것은 잘라내 버리고 싶다는 얘기였을까, 말려달라는 얘기였을까. 나는 아직도 가끔 그때 생각을 한다. 난 그냥 끄덕끄덕했고, 그렇게 마당의 앵두나무는 사라졌다. 얼마 후 부모님도 그 집을 팔고 이사하셨다. 이제는 부모님마저 영영 떠나시고 몇 해가 더 지났다. 한때 모두 함께였던 동네에서 나는 여전히 살고 있다. 혼자 남았지만, 내 가족이 있으므로 혼자가 아닌 나로 말이다.

앵두가 열리던 그 집에서 우리 가족은 이십 년 가까이 사는 동안 하나둘 모두 떠났다. 내가 결혼했고, 남동생이 돌아올 수 없는 먼 길을 갔으며, 언니마저 결혼해 지구 반대편으로 떠났다.

오래전 우리의 첫 앵두나무가 있던 집도 사라지고 없다. 하지만 두 번째 앵두나무가 있었던 그 집은 먼 곳에 있지 않다. 밝은 대낮에 떠나온 옛집을 물끄러미 보는 건 어쩐지 부끄럽고 어색하다. 그래서 밤의 산책 길에 가끔씩 그 집 앞에 간다. 여전히 그대로이다. 그 집은 우리 가족 모두가 함께했었던 마지막 집이 된 셈이다. 우리 가족은 이제 다들 너무 멀리 있지만, 여전히 그때의 우리는 추억 속에 함께 있다.

추억 속에서 앵두나무는 사시사철 푸르다. 푸른 잎 사이로 가지에 다닥다닥 앵두가 많이도 열려 있다. 투명하고 붉은 보석 같은 앵두. 그리고 엄마가 말한다.

"먹으면 죽는 열매야. 따먹으면 큰일 난다."

그저 그리워한다

여러 달 전 어느 날, 오래된 주택을 카페로 개조한 곳에서의 사진을 친구들에게 보냈었다. 우리 세대가 기억하는 향수로 가득했다. 삐걱거리는 계단, 짙은 체리 색의 반짝이는 몰딩, 그리고 오래된 것이 조심스럽게 건네는 이야기들.

친구들은 모두 재미있어했는데, 한 친구가 또 다른

사진을 보내왔다. 어려서부터 살던 그의 집도 마찬가지로 카페가 되어 있다고 했다. 오십 년 된 이층 양옥집의 외관도 거의 그대로이며, 내부의 오래된 가구들도 그대로인 채로 세를 주었다고 말이다. 심지어 어린 시절 자신이 쓰던 책상도 그대로 있다는 말에 우리는 다 같이 신기해하고, 궁금해했다. 친구는 말했다.

"언제 한번 놀러 와, 우리 집에!"

나는 친구가 보내온, 이제 카페가 되었다는 그의 옛집 사진을 한동안 들여다보았다.

부모님이 모두 돌아가시고 나자 나에겐 친정이 없어졌다. 지금도 부엌의 창가에서 건너다보면 멀찍이 부모님 댁이 보인다. 하지만 이제 그 집엔 알지 못하는 이가 나와는 관계없는 이야기를 채우며 살아갈 뿐이다. 지나다니며 종종 부모님과의 이야기가 끊어진 그 집을 올려다본다. 엄마는 나를 시집보내고는 늘 말씀하셨다.

"여자한테는 친정이 그늘이야."

이제 한여름 머리 꼭대기까지 더위로 가득 차 숨을

쉴 수 없을 때도, 찾아갈 그늘은 없다. 뜬금없이 배가 고파질 때, 그저 화가 올라와 어디에선가 투정을 부려 보고 싶을 때, 그럴 때도 잠시의 허기와 노기를 누르고 언제 그랬냐는 듯 돌아 나올 친정은 없는 것이다.

새로 발간된 지역 매거진은 몇 군데에서 받을 수 있었는데, 그중 한 곳이 친구의 옛집이었던 그 카페였다. 교동 좁은 골목을 지나 흰 외벽의 이층 양옥집을 마주하고 섰다. 카페로 바뀌었어도 옛집의 모습을 그대로 간직하고 있는 곳이었다.

나는 어린 시절 그 친구의 집에 놀러 가본 적이 없으므로 그 집의 옛 모습을 알지는 못한다. 다만 친구의 말대로 거의 모든 것이 그대로라는 말이 맞는 것이 분명하다. 내가 어려서 살던 집의 풍경과도 비슷했으니 말이다.

어느 날 갑자기 지금의 내가 된 것이 아니므로 오래된 것은 익숙하고, 그 시절의 유행은 향수로 다가온다. 실내의 벽을 나무로 두르고, 새시가 아닌 나무틀의 격자 창문, 그리고 구멍에 넣고 돌려서 창문을 잠그는 그 낯선 것의 익숙함.

격자무늬 창 앞에 앉아 커피를 마셨다. 오래전 내 방의 비슷한 격자무늬 창을 떠올리며 잠시 아련하기도 했다. 친구들에게 사진을 보냈다.

"나, J네 집에 와있어."

친구는 내가 올려준 사진을 보고 반가워했다.

"거기 그 책장, 내가 어릴 때 쓰던 책장이야."

나의 옛 물건이 남아있는 곳이 아직도 있다면, 그곳에선 어떤 기분이려나. 친구와 달리 나에겐 그런 옛집이 이제는 존재하지 않는다. 지나가는 듯 무심하고 익숙하게 "우리 집에 놀러 와."라고 말할 친정은 더이상 그 어디에도 없다.

그러니 이제 그저, 그리워할 뿐이다.

그
리
고
센
베

점촌 오일장에 갔을 때 인도를 점령하고 난전이 펼쳐져 있었다. 나는 어려서 엄마 따라 시장 구경을 좋아했던 아이였다. 시장에 가면 늘 신기한 것으로 가득했다.

엄마가 단골로 다니던 고깃간 아저씨는 고기를 썰

기 전 늘 칼을 쓱쓱 갈았다. 붉은 조명의 정육점, 거대한 냉장고가 열리면 그 안에 고리에 꿰어진 소나 돼지들이 보이곤 했다. 살짝 오싹했다.

생선 집에선 주로 제사상에 올릴 동태를 샀다. 생선 파시는 할머니의 거친 손으로, 언 동태 껍질을 벗기고 포를 뜨는 걸 신기하게 봤다. 저러다 할머니의 손이 썰리는 것 아닐까 조마조마하기도 했다.

온갖 양념거리를 파는 골목 안 구멍가게도 알았다. 없는 것이 없었다. 그 시절 미제 물건도 많아서 스팸이며 손가락 소시지가 엄마의 그물 모양 장바구니에 종종 담겼다.

재봉틀을 잘했던 엄마를 따라 포목점엘 가면, 가위를 턱 잡고 주욱 밀어 반듯하게 옷감을 끊어내던 아주머니의 손길을 경이로운 눈으로 보던 내가 기억나기도 한다.

엄마가 병원에 누워 아무것도 입에 대지 못하고 있을 때, 시장 단골 반찬집의 양념게장이면 좀 먹을 수 있을 것 같다고 하셨다. 의사에게 허락을 받고, 그 아침에 바로 시장에 나가 양념게장 한 봉지를 사 들고 병원으로 돌아오던 길의 거리가 가끔 생각난다. 게장 봉지를 무릎에 얹고 차창 밖을 멀뚱히 바라보던 그 아침.

막상 사다 드리니 그 좋아하던 양념게장이었지만, 그저 맵기만 하고 맛이 없다고 엄마는 그것을 내쳤다. 아픈 사람 입맛에 맛있는 것이 있을 리가 없는데 그걸 지나고야 깨달았다. 모든 후회는 아무리 빨라도 늦는 법인데 말이다.

지금은 일 년에 한 번 정도 구경삼아 시장에 간다. 나는 아빠 고향이었고, 내가 자라온 수원에서 결혼한 이후에도 변함없이 살고 있다. 말하자면 나는, 토박이인 것이다. 토박이들에겐, 뭐라 설명하기 어려운 토박이들만의 도시가 별도로 존재하는 기분이 든다. 같은 수원을 이야기하지만, 우리들이 말하고 느끼는 수원은 어쩐지 또 다른 도시인 듯 말이다.

수원의 지동시장 역시 아케이드로 정비를 했기에 예전처럼 바닥에 물이 흥건한 흙바닥 시장은 더이상 없다. 예전처럼 개 넓적다리 살을 통째로 내걸어놓고

팔지도 않는다. 모든 것은 깨끗해졌고, 단장되었지만 시장 골목을 지날 때마다 예전 풍경들이 중첩되어 보이곤 한다.

아빠는 그 시장 근처에 살았다고 했다. 언젠가 우리들 소풍 전날, 아빠는 가져갈 간식을 사주신다고 시장엘 데려가셨는데 그 시절 '센베'라 불리던 옛날 과자들을 종류별로 사주셨다. 우리는 당연히 매해 초콜릿, 과자, 캐러멜 등을 챙겨갔으니 그걸 기대했는데 안 가져간다고 울고불고 그만 난리가 났다.

결국 엄마가 새로 우리들 간식을 사주셨고, 아빠는 이렇게 맛있는 걸 왜 안 가져간다는 거냐며 멋쩍게 웃으셨던 기억도 있다. 엄마에게 지청구를 들으시며.

아마도 그때 갔던 시장은, 내가 토박이의 정서로 기억하는 수원처럼 아빠에겐 또 다른 시장이었을 것이다. 평행이론으로 존재하는 또 하나의 시장처럼 아빠의 어린 시절과 추억이 고스란히 살아있는 곳 말이다.

점촌 오일장의 풍경은 어려서 보았던 풍경들과도

매우 비슷했다. 조그만 바구니 몇 개에 다듬은 채소를 놓고 파시는 할머니들. 하나 더 덤으로 달라고 실랑이하는 젊은 주부. 긴 칼처럼 생긴 도구로 반죽을 떼내어 기름에 튀겨내는 어묵 가게. 두껍고 무섭게 생긴 칼을 도마에 탕탕 내리치며 닭을 손질하는 상인.

거리에 서서 한동안 바라보았다. 그러다 눈에 뜨인 옛날 과자점. 하나 가득 온갖 옛날 과자들을 쌓아놓으셨는데 그중에 나를 사로잡은 것은, 요즘은 부채 과자라고도 하지만 나에게는 여전히 센베인 바로 그것이었다.

센베 한 봉지를 집어 들었다. 꺼내어 오도독오도독 씹으며 맛을 보았다. 센베가, 이런 맛이었던가.

그리워지고, 생각나고, 따뜻해진다.

개나리 피는 그곳은

그 사진을 누가 찍어주었는가는 기억나지 않는다. 부모님이거나, 사진에 등장하지 않는 언니였는지도 모르겠다. 그런데도 오래된 사진첩을 정리하다가 그 사진을 발견했을 때, 신기하게 그 사진을 찍던 순간은 생생하게 기억났다.

팔달산 꼭대기였다. 중학생쯤이던 나는 페인트가

묻어나진 않았지만 덜 마른 듯 냄새가 남아있던 벤치에 동생과 둘이 앉아 사진을 찍었다. 그리고 등 뒤엔 한껏 노란 물이 오른 무성한 개나리.

사진 속에서 나는 햇살에 눈이 부셔 찡그리고 있었지만 어렸던 동생은 장난꾸러기처럼 웃고 있었다. 그 이후 참으로 많은 개나리가 피고 지는 세월이 지났다. 아마도 그 사진을 찍어주었을 그때의 엄마보다 나는 더 많은 나이를 먹었으니 말이다. 나이를 먹은 나는 사진을 찬찬히 들여다본다. 내 눈엔 햇살보다, 무성하게 노란 개나리가 눈부시다. 장난꾸러기 같은 동생의 웃음이 그 노란 개나리보다 더 눈부시다.

사진을 찍으면 영혼이 빠져나간다고 믿었던 부족이 있다고 한다. 어쩌면 사진은, 영혼이 순간 빠져나가 찍고 온 발자국 같은 것인지도 모른다. 그렇게 정지된 한 순간이 사진으로 남았다. 동생과 내가, 찰나의 순간 함께 했던 시간의 발자국. 증명을 기록하는 도장처럼.

제대를 불과 며칠 앞두고 동생이 떠났다. 돌아와야 할 집으로 동생은 돌아오지 못했고, 누구든 결국은 돌아가야 할 곳으로 그렇게 먼저 돌아갔다. 4월이었다.

만 하루를 병원에 있다가 결국은 떠나는 동생을 주먹 꼭 쥐고 손톱을 물어뜯으며 보냈다. 너무 갑자기 닥친 일에 현실감이 없어서였을까. 눈물이 나지 않았다. 주먹 꼭 쥔 손은 벌벌 떨리고, 걸음은 마치 두꺼운 솜 위를 걷는 듯 기우뚱거리며 균형이 안 잡혔다.

발인식장 바로 옆은 입관실이었다. 입관을 보고 먼저 나와 발인식장에 앉아있는데 망치 소리가 났다. 아주 어릴 적 할머니 할아버지가 돌아가신 후 죽음을 접한 일은 없었지만, 짐작했다. 관에 못을 박는 소리인가.

마음에 쿵, 쿵. 망치 소리가 와서 박혔다.

심장이 툭, 툭. 떨어지는 것만 같았다.

벽제화장장엔 봄이 한가득이었다. 지금 멀리 떠나는 이들은 봄을 마지막으로 마음에 담고 가겠구나 싶었다. 주차장 버스 안에서 멍하니 앉아 창밖을 보니 노란 개나리가 무성하게 흐드러졌다. 차창 밖을 온통 메운 채 노란 물이 한껏 오른 개나리. 멍하니 개나리를 바라보던 그 순간, 갑자기 주체할 수 없는 눈물이 그제야 봇물 터지듯 터져 나왔다.

영원한 군인으로 남은 동생은 현충원에 있다. 해마다 4월이면 동생이 잠든 자리 옆으로 담장 두르듯 개나리가 다투어 화르르 피어난다. 길고 푸른 메타세쿼이아가 도열하듯 늘어선 길도 있지만, 항상 시선은 무리지어 피어난 노란 개나리에 오래 머문다. 돗자리를 펴고 동생 앞에 앉아 오래 개나리를 바라보다 보면 어느새 어린 시절 개나리 앞에서 카메라를 바라보던 순간으로 돌아간다. 벽제의 흐드러진 노란 꽃물결을 보고 한순간 울음이 울컥 터져 나오던 그 순간도 생생하다.

어린 시절 페인트가 덜 마른 벤치에 앉아 사진을 찍던 시절에서도 멀리 왔고, 창밖 개나리에 울컥하며 눈물이 터져 나오던 순간에서도 참 멀리 왔다. 그 시절보다 동생이 잠든 곳의 개나리 꽃물결을 보러 가는 시간이 더 가깝다.

앞으로도 얼마나 더 내 인생의 개나리가 피고 지는 봄이 있을지는 알 수 없는 일이다. 그러나 동생이 있는 곳, 매해 4월에 피어나는 노란 꽃물결 개나리들을 보며 항상 생각한다.

너 있는 곳도 이렇게 항상 봄이기를. 너는 언제나 평안하기를.

나의 첫 증인

"에이, 그럴 리가 없어."

내가 태어난 집이며, 마당이며, 동네를 기억한다고 했더니 엄마가 했던 말이다. 우리 가족은 그 집에서, 네 살 터울인 동생이 태어나기 전까지 살았다고 했다. 그러므로 내가 세 살 무렵까지 살았을 것이다. 가끔 그 집을 떠올릴 때마다 나 역시 사람의 기억이 남아있는 건 과연 몇 살부터일까 궁금해지곤 했다.

엄마에게 내가 기억하고 있는 그 집의 풍경을 이야기했다.

"골목은 살짝 비탈길이었어. 마당을 가운데 둔 ㄷ자 집이었고. 어른들 가슴께까지 오는 나무 대문은 하늘색인데, 윗부분이 아치형으로 둥글어. 그 대문을 열고 들어가면 ㄷ자의 오른편이 우리 집이었어. 툇마루가 딸린 방이었고, 마당에는 수도인지 펌프인지 물도 있었는데."

여기까지 이야기했을 때 엄마는 놀라워했다. 군인이던 아빠가 김해 비행장에 근무하던 시기, 구포역 부근에 있던 그 집에서 내가 태어났다고 했다. 엄마는 그 집에서 연년생이던 언니와 나를 키우던 이야기를 많이 했다.

가끔은, 그렇게 자주 엄마에게 그 집 이야기를 들었기에 상상 속에서 만들어낸 추억이 된 건 아닐까 싶기도 했다. 하지만 하늘색 나무 대문과 대문을 나서면 왼

편으로 내리막길이었던 것을 기억한다고 하자 엄마는 맞다고 하며 너무나 신기해했다.

중학교 때 아빠는 사천 비행장에서 근무하셨다. 우리는 방학이면 아빠에게 내려가 개학이 다 되어서야 올라왔다. 구포의 내가 태어난 그 집 이야기를 들은 엄마는, 이제 그 동네가 다 변했겠지만 그래도 한번 가보자고 했다.

옛집을 찾아가면서 엄마는 이런저런 이야기들을 했다. 그 집 주인 할머니가 젊어서부터 산파였기에, 둘째였던 나를 집에서 낳을 수 있었다고 했다. 하지만 두고두고 집에서 태어났다는 것은 형제들, 특히 언니에게 놀림거리였다.

"조선 시대야? 누가 애를 집에서 낳아. 그건 네가 주워왔다는 증거지."

언니는 종종 그렇게 나를 놀렸다. 생각해보면 동생도 언니도 모두 병원에서 낳았으면서 왜 나는 집에서 낳았을까. 의심이 자꾸 확신으로 변했다.

게다가 학교에서 단체로 혈액형 검사를 했는데 O형이라고 했다. 부모님이 모두 AB형이었으므로 나올 수 없는 혈액형이었다. 언니는 늘 싸우다 마지막에는 "넌 O형이잖아!"로 내 입을 막았다. 혈액형 검사를 하러 가자고 울고불고했다. 중학교를 졸업할 무렵이 되어서야 혈액형 검사를 다시 했다. AB형이라고 했다. 언니에게는 의기양양했지만, 속으로는 엄청 떨리던 마음을 내보이지 않으려 애썼다.

"네가 태어나고 눈을 안 떴어. 새댁이었던 엄마는 경험이 없으니까 저대로 눈을 안 뜨면 어쩌나 걱정이 한가득인데 주인 할머니가 걱정말라시더라구. 열흘도 넘어 눈을 떴는데 어찌나 다행스럽던지."

엄마의 말속에서 주인 할머니는 굉장한 능력자처럼 느껴졌다. 아기를 척척 태어나게 하고, 눈을 뜨지 않은 아이는 번쩍 눈을 뜨게 해주는 사람으로 말이다. 뿐만 아니었다. 내가 태어나기 전 엄마는 태몽을 꾸었다고 했다. 깜깜한 밤하늘에 둥근 보름달이 높이 떴더라고. 그 꿈을 주인 할머니에게 얘기했더니 대뜸 "딸인가

보네." 하셨다던가.

그렇다. 그 할머니는 아이가 태어날 것까지 예견하시는 분으로 내 기억 속에서 점점 윤색되어가고 있었는지도 모르겠다.

엄마와 옛 동네를 찾아갔다. 기억 속에선 분명 넓은 도로라고 생각했는데 그렇지는 않았다. 언니와 내가 아기적에 떠나와 엄마 역시 그 동네가 오랜만이었다. 엄마의 옛 기억에 의지해 골목을 올라가 그 집에 마주했을 때였다. 아! 내 기억 속의 그 하늘색 나무 대문이었다. 엄마 가슴께 정도의 나무 대문을 밀고 들어섰을 때 ㄷ자로 배치된 집이 나를 보고 있었다. 그리고 마당 가운데 수돗가에서 한 할머니가 일어서며 유심히 우리를 보았다. 그리고 이내, 엄마를 알아보며 반색을 했다.

나는 내 기억 속의 하늘색 나무 대문이 정말 있는 것도 신기했고, 못하는 게 하나도 없이 뭐든 알고 있는 것만 같은 할머니가 정말 거기 계신 것도 신기했다. 할머니와 손을 맞잡고 한참 안부를 나누다가 엄마는 우리를 인사시켰다. 부끄러운 얼굴로 내가 인사를 하자 할머니가 크게 웃었다.

"아이고, 눈 안 뜨던 둘째가 너로구나."

주인 할머니의 한마디는, 병원에서 나의 혈액형이 AB형이라는 것을 확인시켜준 것보다 나에겐 더 큰 확신이었다. 내가 이 집에서 태어났고, 눈을 뜨지 않아 부모님 걱정을 샀다는 모든 이야기는, 주인 할머니의 이 한마디로 마치 그것들의 증거인 듯 확실하게 다가왔다.

내가 태어난 그 집에서의 시간을 지나 엄청 많은 나날을 지내왔다. 아기는 청소년이 되고, 어른이 되고, 나이를 먹고 있다. 그날 이후 다시는 뵙지 못한 주인 할머니도 가끔 생각한다. 나의 첫 추억, 그 추억의 한가운데 계시며, 또한 병원의 혈액형 검사지보다 더 믿을만한 나의 첫 증인이기도 한 분을 말이다.

안녕, 나의 피아노

    이제 그것은 가져가려는 사람이 없을 테니 아마도 돈을 주고야 내버릴 수 있을 거라고 말했다. 누구든 거저 가져가 주기만 해도 다행인 물건이 되어버린, 사십 년도 훨씬 더 된 호루겔 피아노 이야기다.

    월급쟁이 남편의 수입으로 엄마는 여러 달을 모으

고 모아서 큰맘 먹고 구입한 거라고 하셨다. 이사를 할 때마다 이삿짐 직원들이 안 치거든 파시라 했던 물건이라며 애착을 보이셨다. 물론, 그 역시도 이삼십 년 전 이야기이니 지금처럼 피아노가 흔한 시절에는 그저 웃돈 주고 버려야 하는 세상이 된 것이다.

막둥이 아들은 그렇다 치고 딸 둘 중 하나쯤은 음대를 보내고 싶은 마음도 있으셨을 텐데 언니도 나도 피아노에는 소질이 없었다. 특히 나는, 악보를 외워서 그저 빨리 마구 쳐대는 것에만 요령을 부렸다. 그러니까 박자감 리듬감이 없던 거다.

어쨌거나 검은색 호루겔 피아노는 늘 우리와 함께했다. 피아노에 재주도 흥미도 없는 우리 형제들의 관심에선 점점 멀어져 갔지만, 엄마는 청소할 때마다 왁스를 묻혀 반짝반짝 광을 냈다.

피아노 레슨은 싫었다. 선생님은 근처 교회의 목사님 부인이었는데 음이 틀릴 때마다 모나미 볼펜으로 손가락 마디를 톡톡, 쳤다. 뼈에 닿을 때마다 제법 아팠다. 연습하라고 하시고는 부엌에서 일하고 계시다가 내가 음이 틀리거나, "다 쳤어요!"라고 외치면 물 묻은 손을 대충 옷이나 앞치마에 문지르시고는 건반을 짚어 주시곤 했다. 선생님의 그 물기 묻은 손이 피아노 건반 위에서 움직이는 것을 물끄러미 봤던 기억이 생생하다.

선생님 댁엔 고양이들도 있었다. 흔한 고양이들이 었는데 양미와 양돌이라는 정직한 이름의 녀석들이었다. 한 친구가 유독 양돌이를 못살게 굴었다. 어느 날부터 양돌이가 보이지 않았고 몇 달 후 마당 귀퉁이 창고에서 죽은 채 발견되었을 때 친구는 한동안 떨었다. 다른 친구들이, '고양이는 죽으면 살았을 때 못살게 군 사람에게 복수한다더라.' 했기 때문이다. 어린 우리들에게 고양이의 복수는 한동안 공포의 화제였다.

피아노 레슨은 재미없었고, 연습은 하기 싫었지만 레슨을 받으러 오가는 길은 좋았다. 옆 동네 안쪽에 선생님 댁을 가려면 작은 텃밭을 지나갔다. 깻잎이 무성하게 필 때면 깻잎 몇 장을 땄고, 콩이 열릴 때면 풋콩 몇 개를 따기도 했다. 심심풀이로 땄고, 가방이나 주머니에 넣었다가 잊었다. 그러던 어느 날 엄마가 말씀하셨다.

"장난으로 남이 키우는 먹을거리를 함부로 따는 거 아니다."

크게 혼난 것도 아니었는데 그 말씀이 여태 남아 나는 아직도 들판 가장자리의 들깨거나 콩을 보면 그날과 엄마 생각이 난다.

귀여운 고양이들도, 정겨운 텃밭도 있어 재미없는 피아노 레슨이 아주 싫지만은 않았지만 좀 더 특별한 즐거움이라면 오가는 길 중간 즈음에 있던 길거리 분식 포장마차였다. 피아노는 싫었으나 친구와 함께 레슨을 받으러 가는 길엔 재밌어 보이는 것들로 가득했으니 우리는 늘 떠들며 천천히 걸었다.

"저 녀석들, 또 색시 걸음 한다."

엄마는 늘 혀를 찼지만, 우리는 늦게 가서 제시간에 오겠다는 야무진 계산을 하며, 오가는 길에 잠시 서서 포장마차의 튀긴 만두를 하나씩 사 먹는 재미도 알았다.

"뭐 하다 이렇게 늦었어?"

우리는 오다가 포장마차에서 튀긴 만두를 사 먹은 것을 시침 뚝 떼 보았지만, 이미 지나가며 우리들이 가방을 무릎 사이에 끼고 군것질하는 걸 보신 엄마들은 한동안 우리를 놀리곤 하셨다. 빨리 가서 많이 치고 오랬더니 색시 걸음도 모자라 길에서 군것질하고 있느라 엄마들 지나가도 모르더라 시며.

세 형제는 어느 누구 하나 피아노에 재주가 없었으면서 피아노에 탐을 냈다. 서로 나중에 자기가 가져가겠다고 했다. 일찌감치 돌아올 수 없는 먼 길을 떠난 남동생과 결혼해서 미국으로 떠난 언니. 어쩌다 보니 피아노는 혈투 없이 싱겁게 내 차지가 되었다.

내가 피아노를 싫어했듯 딸아이 역시 무척이나 피아노를 싫어해서 내가 획득한 피아노는 결국 자리 차지하는 선반으로 그 용도가 전락하고 말았다. 지금 역시, 피아노 위엔 프린터와 내 사무용품들이 자리하고 있으니 누가 봐도 뚜껑을 열겠다는 의지 자체가 없는 배치 상태라 하겠다.

　나는 자타공인 미니멀리스트이다. 일 년 이상 안 쓰는 물건은 버리고, 새 물건 하나를 사면 헌 물건은 바로 정리한다. 이런 내가, 이십 년 넘게 뚜껑 한번 안 열어본 피아노를 이사할 때마다 가지고 다녔다. 늘 정리해야 할 1순위라고 생각했지만, 정리하기 힘든 1순위였다. 피아노를 장만한다는 건, 냉장고라든가 장롱을 장만하는 것과는 또 다른 것이라는 걸 결혼하고 아이가 생긴 후 이해했다. 그래서 더 정리하기 힘들었다. 엄마에게 피아노는 그런 물건이었을 텐데 세월이 지나고 나니 이제 검은색 호루겔 피아노는 내 연배에서나 기억하는 고대 유물이 되어버린 것이다.

　언젠가 피아노를 정리해야 할 것이다. 서재 한쪽에 자리하고 있는 피아노는 어딘가로 보내져 쓰임이 생기기를 바란다. 가능성은 희박하지만 다시 누군가의 손가락이 얹어지거나, 아니면 복고풍의 유행을 타고 어느 자리에서 눈길 닿는 장식품이 될 수도 있겠다. 그어떤 것이라도 나의, 아니 우리의 호루겔 피아노가 다시 피아노로서 존재할 수 있기를 바란다. 그리고 오래오래 우리들의 이야기도 기억해 주었으면 좋겠다.

스트라디바리우스가 아니더라도, 오래된 모든 악기는 특별하다. 악기로서의 가치와 별개로 그 악기와 함께 한 시간의 추억들을 기억하고 있을 테니 말이다.

"안녕, 나의 피아노!"

기억 속의 할머니

문득, 할머니의 세례명이 무엇이었던가 생각했다.
뭐였더라. 기억이 나지 않았다. 할머니는 우리 가족 중
유일하게 열심히 성당에 다닌 사람이었다. 늘 집에서
손바닥만 한 기도문을 들고 타령조로 읽곤 하셨다. 한
글을 잘 모르셨으므로 자주 우리에게 묻고, 자주 엉뚱
한 글자로 읽었다. 그런데도 할머니의 세례명이 기억

나질 않는다니. 내가 할머니에 대해 잊고 있는 것들은
또 무엇일까 생각했다. 하긴, 잊은 것을 다시 떠올리기
보다는 아직 잊지 않고 있는 것들을 기억하는 편이 빠
르겠다.

생각해보니 내가 할머니에 대해 아는 것은 의외로
많지 않다는 사실에 당황했다. 할머니는 딸만 둘인 집
의 둘째. 옛 시절에 아들이 없었으니 동네에서 양자를
들였다고 했다. 그저 말로만 양자였을 뿐이나, 그분이
돌아가시자 할머니는 묏자리 한편을 내주고 싶어 했다
고 한다. 명절이 다가오면 늘 조부모님 벌초를 한다. 그
양자분의 후손조차 벌초를 오지 않지만, 야박하게 그
분의 봉분만 남겨둘 수는 없으니 그저 매해 함께 벌초
를 한다.

미루어보건대 할머니는 정이 많은 사람이었던 것이
분명하다. 그 묏자리를 내주던 때의 이야기를 하며 엄
마는, "할머니가 하도 원해서…."라고 했다. 그러면서
덧붙이길 세상에 없이 착한 분이라고, 생전 시어머니
노릇도, 화내는 법도 없었다고 했다. 하지만 정에 약해

서 주변 식구들이 힘든 점도 마찬가지로 있었을 것이다.

나에게는 그저 좋은 할머니였다. 할머니는 처음부터 나에겐 할머니였고, 할머니가 아니었던 시절은 알수 없다. 그러나 할머니에게도 분명 할머니가 아닌 시절이 존재했을 것이다.

어린 시절 할머니를 따라 낯선 동네에 간 적이 있다. 수원의 영동시장 뒷길이었는데 양팔을 벌리면 골목이 손에 닿을듯한 좁고 구불구불한 경사로를 따라 올라가는 집이었다. 할머니가 어렸던 아빠를 키우며 살던 집도 그 부근이라고 했다.

할머니 친구분은 반색하며 반가워했다. 오랜만에 손주까지 데리고 왔다고, 오골계를 잡아 끓여주셨는데 나는, '닭이… 까맣다니….' 하며 선뜻 손을 대지 못했다.

"애들한테는 이게 약이야."

할머니 친구는 그렇게 이야기하며 검은 살을 발라주었다. 오골계를 먹고 있는 동안 할머니는 친구와 이야기했다.

그날 할머니가 많이 웃었다. 집에 놀러 와 커피를 마시며 수다를 떨곤 하던 엄마 친구들처럼 말이다. 지금 생각해보면, 할머니에게도 젊은 시절을 함께 이웃으로 지내온 친구가 있었던 거였다. 그이에게 할머니는, 할머니가 아니라 친구였겠지. 늘 어른으로, 할머니로만 살다가 그날 하루는 잠시 할머니가 아니었던 시절로 돌아가 보았을지도 모른다. 그래서 그렇게 할머니 얼굴이 밝았던 걸까.

할아버지가 먼저 돌아가시고 나서 산소에 할머니와 갔었다. 시외버스를 여러 번 갈아타고, 비포장도로였던 길을 가느라 나는 멀미를 심하게 했다. 산소에 들렀다가 건너편 마을에 들어갔다. 할머니가 수원으로 이사를 나오기 이전에 살던 마을이라 시니, 아마도 할머니의 젊디젊던 시절이었을 것이다.

마을의 할머니 친구분 댁에 따라 들어갔다. 할머니들은, 항상 그렇듯 이것저것 밥그릇에 반찬을 올려놓아 주셨다. 할머니 친구는 계속 밥 위에 반찬을 얹어주시며, 도시 아이가 먹을 것이 없겠다는 걱정을 하셨다.

그날의 분위기는 어쩐지 무거웠다. 무엇 때문이었
는지는 알 수 없는 일이다. 할머니는 슬퍼 보였다. 할아
버지가 돌아가시고 얼마 안 된 때였기 때문일까.

지금도 벌초를 하러 갈 때면 건너편 마을을 본다.
작은 집들은 없어지고 공장 건물들이 들어섰으므로 이
제 옛 모습은 상상할 수 없다. 그러나 내게는 여전히
같은 그림이다.

할머니처럼 푸근한 얼굴을 한 또 다른 할머니가 계
속 밥 위에 반찬을 얹어주신다. 우리 할머니는 우울해
보였다. 마당의 소가 가끔 울었다.

그날 우리 할머니도… 울었을까.

사람들은 자기와의 관계 안에서 생각할 수밖에 없
다. 엄마는 엄마인 것이고, 아빠는 아빠인 것이다. 어
른들에게도 엄마, 아빠가 아닌 다른 인생이 있을 수 있
다는 것을 생각해보지 않았다. 내가 나이를 먹고 보니,

나는 엄마이지만, 내 딸에게 엄마일 뿐 나는 아주 많은 내가 된다. 아주 많은 내가 되고 싶기도 하다.

인생의 호칭으로 본다면, 할머니는 제일 나중에 얻는 호칭이다. 누군가의 할머니가 된다. 아마도 언젠가는 손주가 생겨 "할머니!"라고 부를 날이 올 수도 있겠다. 집 밖에 나서면 낯선 어른들도 마찬가지로 나를 그렇게 부를 것이다. "할머니!"라고.

언젠가 나 역시 그렇게 "할머니!"로 불릴 날을 상상해본다. 알 수 없는 것이 인생이지만 한 가지는 분명하다. 그날이 되면, 나의 할머니가 지금보다 더 많이 그리워질 거라는 것 말이다.

언니

나는 이것저것 정리를 자주 하는 편이다. 옷뿐 아니라, 오래되고 소소한 것들도 종종 정리한다. 그 속에는 언니가 미국에서 보낸 카드며 엽서들도 있었다.

"뚱보 아줌마!"

"한국 가족들에게!"

이런 말로 시작하는, 언니가 전해온 안부의 마음들

이 남아있었다.

언니는 대학생이 되며 독립을 했으니, 집에서 함께 있던 시간은 얼마 되지 않았다. 그러다 결혼하며 지구 반대편 미국으로 떠났기에 떨어져 산 시간이 많았다. 하긴, 이 나이쯤 되면 누구나 형제자매와는 함께 산 세월보다 따로 산 세월이 더 많아지는 나이이긴 하다.

미술이라면 실기 점수 50점 만점에 25점을 받은 적도 있는 나란 사람과 달리, 언니는 미술을 전공했다. 나는 언니의 나무로 된 화구 박스도, 어깨에 멋스럽게 걸친 이젤도, 쓱쓱 필기감이 좋던 미술용 연필들도 부러웠다. 심을 길게 깎아놓은 연필을 가지고 낙서하며 장난치다 언니에게 혼나기도 했다. 연필심을 방향에 맞춰 길들여놓은 거라고 했다. 속으로 툴툴댔다. '치사해서 안 만진다.'라고 했지만, 늘 몰래 그 연필을 만져보고 낙서도 했다.

중학교 때 학생 미술 전시회에 언니와 갔었다. 언니

는 그림을 꼼꼼히 보았다. 나는 대충 따라다니다가 칭얼댔다. 텔레비전에서 '미래소년 코난'이 방영할 시간이 다 되어온다고, 얼른 집에 가서 그걸 봐야 한다고 우겼다. 언니는 짜증을 내면서도 함께 돌아왔다. 오면서 말했다.

"다신 너랑 안 다닐 거야!"

하지만 나는 그 이후에도 언니를 따라다녔다. 예전엔 수원의 명동이던 남문 시내에서 최고 인기이던 샐러드빵을 맛보았고, 난생처음 쫄면의 신세계를 경험하기도 했다. 생각해보면 언니와 나는 연년생이니 한 살 차이였을 뿐인데, 나보다 엄청 많은 것을 알고 있었다는 생각을 종종 했다. 대학교 때 만난 친구와 쫄면을 먹다 말했다.

"난 중학교 때 우리 언니 따라가서 처음 쫄면을 먹었어."

그 친구는 내게 언니와 나이 차이가 많이 나느냐 물었다.

"아니, 한 살 위야."

친구는 어이없는 듯 웃었다.

한 살 차이의 자매가 자라며 싸우지 않았을 리는 없다. 나는 기억 못 하지만, 언니에게 무언가를 집어 던지며 폭력을 행사하기도 했던 동생이었던 듯하다. 선택적 기억상실인지도 모르겠다. (우리 언니가 믿어줘야 할 텐데….) 나중에 언니가 말하길 "나는 네가 던지는 의자에 맞아 죽는 줄 알았어."라고 했다. 아, 나는 그렇게나 폭력적인 동생이었던 것일까. 그러니 일단 기억 따위 나지 않는다고 다시 우겨본다.

또한 내 기억에 언니는 독립적인 사람이었다. 고등학교 때 상가주택에 살았던 적이 있었는데, 한동안 1층에 방이 딸린 점포가 비어있었다. 언니는 그 방을 쓰겠다고 우겼다. 어차피 비어있는 동안만이었으니 엄마의 허락이 떨어져서 그 방에 나름 독립하게 되었는데 동생과 머리를 맞댔다.

"언니가 오기 전에 장난을 좀 쳐두자. 무서워서 독립 따위는 하고 싶지 않을 거야."

남동생과 키득대며 방에 빨간 글씨들을 써서 붙이기 시작했다.

"피가 줄줄 흘러내리는 것처럼 써야 해."

이러면서 둘이 쓰고, 붙이며 깔깔댔다. 그러다 어느 순간 갑자기 무서워졌다. 피 칠갑한 듯 흘러내리게 써 붙인 글씨도 무섭고, 저걸 보고 화낼 언니도 무서웠다. 결국, 우리는 써 붙인 것들을 모두 떼어내고 집으로 내달렸다.

"야! 무서워, 같이 가!"

서로 소리 지르며 뛰었다.

언니의 금쪽같은 외아들인 내 조카가 사관학교에 입학해 몇 년 전 집을 떠났다. 형부에게 "애 보내며 언니가 울지 않았어요?"라고 했더니 손을 내저으시며 웃었다.

"언니는 강한 사람이라 울지 않았어. 내가 오히려….'

형부에게도 언니는 강한 사람인 것이다. 독립적이라는 것과 강하다는 것이 꼭 같은 의미는 아니지만 어느 정도 다르지는 않다고 생각한다. 언니는 역시 지금도 그런 사람이구나 싶어 그 말을 듣고 끄덕끄덕했다.

하지만 또 한편으로는 말하지 않은 연약한 부분도 없을 리가 없다고 생각했다. 부모님이 돌아가시고 다음 해 언니를 만나러 가서 보니 머릿속이 휑하니 비어 있었던 것이다. 머리숱 하나는 자신 있었는데 부모님 돌아가시고 나서 뭉텅뭉텅 머리가 빠졌다고 했다. 나는 지금도 가끔, 그날 비어버린 언니의 머리숱을 이야기하던 저녁이 떠오른다.

내가 결혼을 한 이후의 어느 날, 산업디자인을 하던 언니의 컴퓨터를 만지작거렸다.

"함부로 만지면 안 돼!"

잔소리를 들으면서도 언니 컴퓨터 앞에 앉아 주로 폭탄 터뜨리기 게임이나, 카드 늘어놓기 게임을 했다. 그날, 언니가 컴퓨터로 명함을 만들어 주었다.

"진짜 명함을 만들 수 있다고?"

신기해서 언니 옆에 붙어 앉아서 글씨며 색깔을 이것저것 주문했다. 재미 삼아 언니가 만들어 준 내 첫 명함을 받아 들었을 때의 기분이 아직 생생하다. 신기하고, 뿌듯했지만 한편으로는 또 다른 마음이었다. 그 당시 나는 결혼을 하고 아이를 가져 부른 배를 하고 있었다. 소위 경력단절 여성이라고도 할 수 있을 시기였다. 그러니 만들어 준 명함에 쓸 직업이 없었다. 그때 생각했다.

'다음엔 반드시 내 직업을 새긴 진짜 명함을 가져야겠다.'

결국 시간이 지난 후 내 직업이 찍힌 진짜 명함을 갖게 되었고, 종종 언니가 오래전에 만들어 주었던 명함을 생각했다. 언니는 재미로 만들어 주었을 테지만, 그 명함이 아니었다면 내가 그렇게 열심히 무언가를 해야겠다고 마음먹지 않았을지도 모르겠다. 말하자면 언니가 만들어 주었던 첫 명함은 내 인생의 '스파크' 같은 것이었으니 말이다.

남동생도, 부모님도 모두 돌아올 수 없는 먼 길을 떠나고, 언니도 결혼해서 미국으로 떠났다. 이제 남은 가족은 언니와 나 둘뿐이지만 코로나 덕에 작년에도, 올해도 만나지 못했다. 매일 카톡으로, zoom으로 안부를 나누지만, 그 모든 것에는 체온이 없다. 손을 맞잡는 체온까지 느낄 날은 언제나 오려나. 그날이 오면 또 칭얼거리다 까탈스러운 언니한테 한 소리 듣곤 하겠지만, 그래도 데리고 다녀주겠지. 어릴 때처럼 말이다.

돌의 기억

아빠의 취미는 다양했고, 자주 바뀌었다. 생각해보면 취미를 갖는 것이 취미가 아니었을까 싶을 때도 있었다.

한동안 아빠의 취미는 박제동물 모으기였다. 하나둘 집안에 박제된 동물들이 늘어났다. 족제비처럼 작은 것들로 시작해 점점 동물들이 늘어나고, 덩치를 키우기 시작했다. 당장 날아오를 것만 같은 꽁지깃이 기다란 꿩. 웬만한 진돗개만 하던 고라니, 급기야는 멧돼지에 이르렀을 때 더이상 참지 못한 엄마의 성화에 하나씩 자취를 감추었다.

어린 나는 처음엔 그 박제된 동물들이 인형처럼 만들어진 것인 줄 알았다. 그러다가 그것들이 정말 살아 있던 것이었고, 죽은 후 속은 비워지고 눈알은 가짜 눈을 달고 만들어진 것이 박제라는 것임을 알게 된 이후부터 그 박제동물들이 무서워지기 시작했다. 무서워서 밤에 혼자 화장실을 가기 힘들었다. 집에 혼자 있을 때 박제된 매나 고라니 따위와 눈이 마주치면 소름이 돋았다. 아무도 없을 때면 그것들이 좀비처럼 살아 움직이며 나를 공격할지도 모른다는 상상을 하기도 했다.

나중에 커서 엄마에게 여쭤봤었다. 대체 그때 우리 집엔 왜 그리 박제동물이 많았던 거냐고. 그 이유는 간단했다.

아빠는 군인이셨는데, 사회에서 박제 기술을 가지고 있던 사병이 입대했다고 한다. 어느 날 순찰하던 지프에 족제비 하나가 치어 죽었고, 사회에서의 기술을 활용해 그 사병이 족제비 박제를 근사하게 만들었으며, 그게 시작이었다. 그 이후 장교들은 너도나도 박제 동물 작품(?)을 원했고, 무언가 유행하는 것을 그냥 지나치지 못하는 취미가 있는 아빠 레이더에 딱 걸렸으니 얼마 지나지 않아 우리 집은 박제 동물원이 됐던 거였다.

지금도 가끔 기억난다. 바닥을 움켜쥘 듯 바싹 세우고 있던 매의 날카로운 발톱, 꽁지깃을 살그머니 쓸어보기도 했던 꿩의 통통하고 동그랗던 몸통. 고라니의 털은 보기와 달리 엄청 뻣뻣했고, 멧돼지 얼굴은 눈도 마주치기 무서울 정도로 험악했었다.

박제가 사라지고 나자 우리 집에는 진돗개 새끼가 왔다. 그즈음 아빠 친구분들 사이에서 사냥이 유행이었다. 유행은 꼭 따라가야 하는 아빠는 진돗개를 키워

사냥에 데려가시겠다고 꿈에 부풀었다. 친구와 사냥 다녀온 이야기를 듣는 것은 재미있었다. 절대 사냥감을 먹지 않고, 주인 허락 없이는 꼼짝 않고 부동자세로 앉아 기다린다는, 친구분이 기르는 사냥개의 대견함을 부러워하셨다.

아빠가 사냥에 데려가겠다 하신 진돗개는 '진돌이'라는 이름을 받고 집에 왔으나 생후 3개월이라는 녀석은 그 당시 우리가 기르던 치와와 덩치의 세 배는 되었다. 앙칼지고 사납기 이를 데 없던 치와와였지만, 덩치를 당해낼 재주는 없어 진돌이와 전투 끝에 그만 코피가 터졌다. 우리들의 아우성과 엄마의 기회는 이때다 싶은 잔소리에 결국 우리 집에 온 지 얼마 안 되어 쫓겨났다. 아빠의 사냥견이 될 뻔했던 진돗개는 그렇게 엉뚱하게도 치와와를 사냥한 덕에, 아빠의 취미생활 역시 제대로 시도도 해보지 못하고 끝났다.

그다음 우리 집엔 하나둘 수석이며 돌들이 늘어나기 시작했다. 뭔가를 닮았다는데 닮은 구석은 없어 보이는 수석들. 다듬잇돌. 돌을 깎아서 만들었다는 그릇이며 화병들. 온 집안에 크고 작은 돌들이 늘어났다.

받침대까지 괴어둔 돌들이 자꾸 뭘 닮았다시는데 아무리 봐도 닮은 것 같지는 않았으나 그저 끄덕끄덕했다. 그래야 할 것 같았다. 하지만 이사 다닐 때 무게가 장난 아니었던 이 돌들 역시 아빠의 취미 의욕이 식어가며 하나둘 사라졌다.

세월이 지나면서 아빠는 할아버지가 되었고, 예전처럼 집안에 뭔가 끌어들이는 일에 시큰둥하셨다. 엄마가 잔소리할 일도 그렇게 줄었다. 그리고 함께 아프던 두 분은 이십여 일을 사이에 두고 살아온 집을 영영 떠났다.

오랜 세월 집안에 끌어들인 그 많은 것들을 정리하고 남은 것들마저도, 어느 것 하나 간직한 채 떠날 수 없는 길이었다. 그러므로 남은 것들은 남아있지 못하고 하나둘 여기저기로 떠나갔다. 먼 나라에 모아다 판다는 업자가 가져가기도 했으며, 재활용이나 혹은 소각용 쓰레기가 되기도 했다. 언니와 내가 부모님 대신 간직하기도 했다.

세간살이와 소품을 모두 정리하고, 그렇게 집을 전부 다 비웠다고 생각한 어느 날 밤이었다. 문득, 안방구석에 놓아두시던 '돼지 돌'이 그대로 있다는 것이 퍼뜩 떠올랐다.

우리 가족은 그 돌을 '돼지 돌'이라 불렀다. 수석을 끌어들이는 것에 한참 빠져계시던 그 옛날 우리 집에 온 녀석인데, 대체 뭘 닮았는지 모르겠던 돌들 중 유일하게 수긍하며 끄덕끄덕했던 돌이었다. 사실 돼지보다는 하마에 가까웠으나, 우리 가족은 모두 그 돌을 '돼지 돌'이라 불렀다.

다음 날 아침 일찍 부모님이 처음 이사하시던 날처럼 텅 비어버린 집, 붙박이장 구석에 놓여있던 돼지 돌을 들고 더 이상 두 분의 온기가 없는 빈집을 둘러봤다. 많던 살림을 모두 정리했으나 돼지 돌은 결국 집으로 데려왔다. 어쩐지 화단 어디쯤에 놓아둔다며 버리고 올 수는 없을 것 같았다.

"수고했어, 마지막까지 네가 이 집을 지키고 있었구나."

나 어릴 적 아빠를 따라 집에 온 돼지 돌. 이제 나를 따라 우리 집에 온 돼지 돌.

사람들이 잠든 밤이면 돌아다니며 즈이들끼리 얘기하거나 날아다니는 것 아닐까 상상했던 박제동물들처럼, 돼지 돌도 깨어있었을지 모른다. 부모님이 떠나시고, 물건이며 세간이 떠나는 것을 물끄러미 보면서 말이다. 어쩌면 내가 보지 못한 부모님의 눈물과 웃음을 나보다 더 많이 보았을지도 모르겠다. 돌에도 영혼이 있다면, 그도 오래 기억할 것이다.

이제 우리 집 현관 입구에 놓아둔 돼지 돌을 드나들 때마다 한 번씩 본다. 돼지 돌이 함께 있으니 어쩐지 내 어린 시절, 우리 가족이 모두 함께 있는 기분이 든다.

크리스피 크림 도넛의 그 아침

그 아침, 크리스피크림도넛 매장에 빨강 신호등 불이 들어오면 따끈한 새 도넛이 나오기 시작했다. 일사불란하게 도넛 반죽들이 밀려 내려와 끓는 기름 속으로 퐁당 들어갔다. 반죽이 커지며 한쪽이 튀겨지면 또 다시 기계가 그것들을 뒤집어 나머지를 익혔다. 그리곤 건져진 도넛들은 또다시 오와 열을 맞춰 행진해선 시럽을 온몸에 묻히곤 했다.

매장 입구의 빨간 신호등이 들어오면 도넛 극장에서 그렇게 도넛이 만들어졌다. 오래전이었으니 우리나라에 크리스피크림도넛이 들어오기 전이었다. 신기하고 재미있었다. 아이들처럼 유리창 앞에서 웃으며 그것들을 보았다. 갓 나온 따끈한 도넛을 하나씩 냅킨에 집어 직원들이 맛보기로 건네주었다. 당연히 맛있을 수밖에 없는 도넛이었다.

초등학교 4학년이었을 무렵 딸아이는 방학 동안 미국의 이모네 집에서 영어 캠프를 다녔다. 아이를 먼저 보내고 캠프가 끝나갈 즈음 나도 언니네로 여행을 갔다. 아침 일찍 언니가 운전하는 차로 아이를 캠프에 보내고, 우리 자매는 매일 크리스피 크림 도넛에 들렀다.

"이렇게 단것을 매일 먹다가 큰일 나겠어."라고 하면서도 우리는 도넛 가게를 지나치지 못했다. 아무것도 묻히지 않은 도넛 하나와 설탕을 뿌린 도넛을 사서

설탕을 함께 묻혀 먹으면 그나마 좀 나을 거라며 언니
와 웃었다.

아이의 영어 캠프가 끝나고, 나의 짧은 미국 여행이
끝나고 우리는 돌아왔다. 우리나라 휴게소에서 가끔
자동기계로 호두과자가 구워지는 것을 볼 때마다 나는
그때의 크리스피 크림 도넛을 생각했다.

'도넛 극장에 빨강 신호등이 들어온다. 도넛들이 춤
을 추며 기름 속으로, 설탕 샤워실로 움직인다. 직원이
웃는 얼굴로 맛보기 도넛을 하나씩 건넨다.'

그 추억 속에는, 언니와 함께 뜨거운 커피와 달디
단 도넛을 하나씩 먹던 아침이 있었다.

몇 년 후 우리나라에도 크리스피크림도넛이 들어
오기 시작했다. 가끔 크리스피 크림 도넛을 먹었다. 그
때마다 그날 미국에서의 아침과, 그때 함께 했던 언니
를 생각했다. 맛은 기억이 아니라 추억으로 먼저 오는
것이 맞다. 크리스피 크림을 생각하면 그 따끈하고 달
달한 도넛 식감이 아니라, 항상 그 아침의 우리가 먼저

떠올랐으니 말이다.

팬데믹의 한가운데를 지나오며 예매했던 미국행 항
공권을 두 번이나 취소했다. 내년 봄엔 갈 수 있을까,
또다시 가끔 항공권 예매사이트를 본다. 어딘가를 가
보고, 무언가를 하지 않아도 좋을 것이다. 그저 아무 날
도 아닌 이른 아침에 동네 도넛 가게에 앉아 별것 아닌
이야기를 하고, 이유 없이 큭큭 웃는 그런 시간을 꿈꾸
어 볼 뿐이다.

시그널호프에서 나와 노래를 하러 갔지

시그널 호프는 우리가 모두 그 동네를 떠난 이후에도 한동안 변함없이 그 자리에 있었다. 아무리 복고풍이 유행이라고 하지만, 시그널 호프는 그저 촌스러웠고, 낡은 곳이었다.

젊은 사람이 유독 많은 동네답게 사람들은 유행하는 호프집에 자주 모였다. 시그널 호프는 과연 장사가 되는 것일까 싶었지만 가장 오래도록 변치 않고 그 자리에 있었다. 버틴 것일지도 모를 일이지만 말이다.

"장사가 되는 것 같지도 않은데, 혹시 건물 주인이 하는 것 아닐까?"

우리 삼 형제는 웃으며 들어섰다. 부모님이 새로 집을 짓고 이사 와서 여러 해가 지났지만, 시그널 호프에 들어가 본 것은 처음이었다. 그날 왜 우리는 뜬금없이 시그널 호프에 갔을까 가끔 생각한다. 오래전이니 잊었다. 다른 곳이 열려있지 않아서였을 수도 있고, 저 촌스러운 곳이 저렇게 오래 있으니 이제쯤은 궁금해져서일 수도 있었다.

그날 삼 형제가 의기투합해 들어간 호프집의 내부는 아직도 기억이 생생하다. 앉으면 눈높이를 가리는 칸막이가 있는, 칙칙하고 어두운 술집이었다. 우리 셋은 생맥주를 마셨다. 동생의 입대를 앞둔 즈음이었으니 그날 가장 많이 화제에 올랐던 것은 아마도 '입대'였을 것이다.

술이 들어가고 나자 즐겁고 신이 난 우리들은 시그널 호프에서 나와 건너편 노래방으로 갔다. 생각해보니 우리 삼 형제만 모여 술을 마신 것도, 노래방에 가는 일도 처음인 듯했다. 집에서 어른들과 함께하는 것과는 또 다른 의기투합의 열기가 끓어올랐다.

노래하는 언니와 동생을 보는 것은 낯설었다. 특히 동생은 노래를 잘했다. 우리는 웃었다.

"저 녀석, 술도 엄청 잘 마시더니 노래방도 한두 번 와본 솜씨가 아니야."

번호를 누르다가 잘못 눌렀는지 알지 못하는 노래 간주가 시작되었다.

"얼른 꺼! 잘못 눌렀어!"

내가 다급하게 외쳤는데 동생은 태연하게 마이크를 잡고 노래를 시작했다. '야화'라는 듣도 보도 못한 노래였는데도 말이다. "너 아는 노래야?"라고 했더니 동생이 씩 웃었다.

"난 모르는 노래도 아는 노래처럼 부를 수 있어. 친구들하고 노래방에서 아무 번호나 눌러서 끝까지 노래하기 내기를 한 적도 있어. 내가 무조건 이겨."

그러고 보니 동생의 노래는 어딘가 모르게 반주와 맞지 않았다. 그러면서도 천연덕스럽게 노래를 끝까지하는 걸 보고 언니와 배를 잡고 웃었다. 몇 곡 더 장난으로 아무 번호나 눌러보았는데 역시 모두 아는 노래처럼 슬쩍슬쩍 음이 안 맞는데도 끝까지 불렀다. 그것도 아주 진지한 표정으로 말이다.

셋이 얼큰하게 취했고, 노래방에서 배를 잡고 웃으며 놀았던 그 날을 가끔 생각한다. 그때에도, 지금도 나는 제목부터 이상한 '야화'라는 노래를 모른다. 하지만그 '야화'를 아는 노래인 듯 천연덕스럽게 부르던 동생을 종종 생각했다. 노래방에서 셋이 노래를 하며 신이났던 그 밤 이후 얼마 지나지 않아 동생은 입대했다. 그리고 영원한 군인으로 남았다.

아빠는 한동안 술이 더 늘었고, 엄마는 이유 없이 아팠는데 다들 화병이라고 했다. 그래도 세월이 약이었다. 우리 가족은 모두 일상으로 돌아갔고, 유일하게 일상으로 돌아가지 못한 동생은, 가슴속에 간직했다.

언니가 결혼해서 지구 반대편으로 떠났다. 부모님은 늘 그리움 속에 살았다. 그리고 두 분 모두 아들이 누운 대전의 국립현충원에 함께 누워 영면에 들었다.

나는 결혼한 이후에도 친정 근처에 살았다. 그러니 우리 가족이 살았던 그 집 근처에, 그대로 같은 동네 주민인 채로 살고 있는 것이다. 하지만 모두가 함께였고, 이제는 하나둘 다 떠나간 그 동네에 여전히 남아 살고 있다고 해서 그리움이 덜한 것은 아니다. 멀리 떠난 가족과 멀리 있는 가족은, 여기 함께 있는 나의 가족과 마찬가지로 언제나 그립고 소중하다.

시그널 호프는 얼마 전에야 없어졌다. 참 오래 있었다. 우리 삼 형제가 우스갯소리로 말하던 진짜 건물주였을까는 알 수 없는 일이다. 그 노래방 역시 사라졌

다. 팬데믹에 제일 먼저 타격을 입은 것은 아마도 노래
방이었을 것이 분명하다. 가뜩이나 낡은 노래방은 문
을 닫고, 다른 것이 들어오지도 않은 채 흉물스러운 간
판만 덩그러니 붙어있을 뿐이다.

　종종 동네를 산책한다. 우리 가족이 함께 살던 그
옛집 앞을 지난다. 이제는 흔적 없이 사라진 시그널 호
프가 있던 자리를 지난다. 더 이상 노랫소리가 들리지
않는 노래방의 낡아버린 간판 앞에도 멈추어 서 본다.
얼큰하게 취기가 올라 목소리가 높아지고, 별것 아닌
것에 까르르 웃음이 터지던 우리 삼 형제가 있다.
　핸드폰을 열어 아무 번호나 눌러보고 싶어진다. 예
전처럼 동생이 마이크를 잡고 의기양양하게 노래를 불
러줄까?

2부 ———   일
               상

우리 동네 탐험기

지난 1월이었다. 우연히 지구 반대편의 언니와 만보 걷기를 시작했다. 매일 걷고, 서로의 카톡에 걸음 수를 인증하는 자매끼리의 리그를 시작한 것이다. 내가 이곳의 아침을 걷고 있을 때, 언니는 집 앞의 노을 지는 풍경을 보내왔다. 서로의 물리적인 거리를 실감했지만, 또 한편으로는 함께 걷는듯한 우리만의 친밀감이 있었다.

운동이라면 숨쉬기 운동이 최고라고 하던 인간이, 1월의 추위 속에 갑자기 그렇게 매일 만 보를 걸었다. 처음엔 걷는 자체가 힘들어 죽겠고, 그다음엔 발바닥이 너무 아파 다음날까지 힘들었다. 그 단계를 모두 거치고 나니 이제 은근히 걷기에 진심이 되었다. 어쩌다 하루를 걷지 않으면 걷고 싶어지는 경지(?)까지 이르렀으니 놀라운 일이다.

매일 혼자 걷는 것은 단조롭다. 운동복에 공을 들일 몸매도 아니니 요즘 유행하는 멋진 운동복에는 눈길이 가지도 않았다. 대신 단조로운 걷기에 재미를 더하게 된 것은 나만의 루트 짜기였다. 집에서 나가 돌아오기까지 대략 만 보가 나오는 루트를 여러 가지로 짰다. 집을 중심으로 일직선으로 갔다 되돌아오기, 동심원 혹은 방사형 모양으로 루트 짜기 등등 몇 주마다 한 번씩 새로운 길을 가는 재미가 꽤 좋았다. 생각보다 만 보는 엄청나게 먼 거리가 아니었다. 결국은 집을 중심으로 동네가 조금 더 확장되는 것이랄까. 그러다 보니 수십 년을 살아 익숙하다고 생각했던 우리 동네의 새로운 모습을 많이 보게 되었다.

북쪽으로 걷다 보면 주택가 안쪽으로 커다란 보호수가 있다. 나이가 얼마나 되었을까. 늘 걷다 멈춰 서서 눈인사했다. 보호수를 가운데 두고 조용한 주택들이 옹기종기 모여있다. 대부분 오래된 집들 사이에 새로 지은 듯한 원룸주택들이 모여서 동네를 이룬다. 늘 차로 지나칠 땐 그 골목 안의 보호수도, 보호수를 둘러싼 주택가의 풍경도 알 수 없었다.

서쪽은 커다란 공원을 지나 상업지구를 이루고 있다. 상업지구 안쪽에 꽃을 싸게 파는 집에서 꽃 한 다발을 사서 들고 오기도 한다. 어쩐지 꽃을 들고 올 때면 부끄럽다. 우리에게 꽃은 특별하다. 몇 해 전 갔던 런던의 코번트 가든선 길 여기저기서 꽃을 팔고 있었다. 특별하게 포장해서 주는 것도 아니었다. 꽃은 그들에게 일상인 듯 느껴졌었다.

동쪽은 원천리 천변을 따라 산책길이 조성되어있다. 원천리천의 물이 맑았다면 더할 나위 없이 좋았을 것이다. 하지만 탁한 물에서도 물고기들은 수면위로 힘차게 펄쩍펄쩍 뛰었고, 새들은 부지런히 치어를 잡아먹는다. 봄이 되니 물가에 버드나무 그늘이 푸르게 드리웠다. 인생의 모든 것이 다 좋을 수는 없는 것처럼, 풍경 역시 마찬가지일지도 모르겠다. 비릿한 물 냄새가 살짝 올라왔지만, 봄이 오는 원천리천변을 걷는 오후엔 내내 마음이 평화로웠다.

요즘 걷고 있는 루트는 남쪽을 향한다. 택지지구로 지정되어 아파트 분양을 시작할 즈음 근방에 견본 주택이 가득했었다. 놀이 삼아 구경삼아 견본 주택들을 찾아다니던 그 자리엔 이제 아파트 단지로 가득하다. 계획개발을 한 지역이라 길이 넓고, 산책로도 반듯하다. 게다가 산책로 주변의 나무들은 세월의 흐름 속에 이제 하늘을 가릴 만큼 자라 멋진 풍경을 만들어낸다. 남쪽 산책로의 사진을 보내주었더니 언니가 말했다.

"걷고 싶어지는 길이네!"

나도 그 길을 걸을 때면 늘, 언니와 함께 걷고 싶다고 생각한다. 서로 지구 반대편 오전의 햇살과 저녁의 노을을 보여주는 것이 아니라, 함께 오전의 햇살과 저녁의 노을 속을 걷고 싶다고 말이다.

나는 이 동네에서 참 오래 살았다. 대학 4학년 때 처음 이사 왔을 때 집 앞은 논이었다. 백로들이 날아와 푸른 논에 그 흰 자태를 드리울 때면 넋 놓고 보기도 했었다. 결혼한 이후에도 근처에 살았으므로 동네가 바뀌는 모습을 계속 보았다. 어느 날부터인가 넓고 푸르던 논의 저 끝자락에서부터 매일 조금씩 흙이 밀려들듯 메꿔졌다. 택지개발사업의 이름으로 집이, 아파트가, 건물이 들어섰다.

하루에 만 보씩 걸으며 내가 삼십 년을 살아온 동네를 걷는다.
'이쪽은 모두 논이었지, 이쪽엔 작고 허름한 집 몇 채뿐이었어.'
혼자 옛 생각을 하며 걷는다. 내가 삼십 년을 살았

고, 지금의 모습뿐 아니라 예전의 모습도 기억하는 내 동네. 동네는 변함없이 존재하는 것 같지만, 또 어떤 면에선 생명이 있는 유기물처럼 끊임없이 변화무쌍한 모습을 보여주기도 한다.

오래전부터 있던 가게를 만나면 오래된 이웃인 듯 정겹다. 새로운 가게가 생기면 반갑고, 한동안 있던 가게가 어느 날 갑자기 간판을 내리고 없어질 땐 서운하다.

오늘도 나는 이렇게 동네를 탐험한다.

가로등이 켜지는 순간

어딜 가든지 아침 일찍 갔다. 명품 사겠다고 오픈 런하는 것도 아니면서 백화점에도 문 열자마자 들어갔고, 점심 약속은 무조건 식당 문 여는 시간에 맞춰 잡았다. 이렇게 늘 무얼 해도 아침 일찍 시작하는 사람에게 오후란, 돌아오는 시간이고 마무리하는 시간이지 시작하는 시간은 아니었다.

오후 다섯 시가 다 되어서야 산책을 하러 집을 나섰다. 출근하는 삶을 살던 전 같으면 있을 수 없는 일이다. 나의 동네 산책코스는 보통 한 시간 반에서 두 시간을 넘지 않는다. 거의 같은 길을 산책한다. 산책의 즐거움을 알게 된 초기에는 이리저리 열심히 코스를 바꾸어 보았는데 늘 같은, 지금의 코스를 걸을 때 가장 마음이 편해진다는 것을 알았다. 심지어 항상 같은 길을 걷지만 한 번도 같은 느낌이 들지 않았다. 길의 풍경은 늘 바뀌었고, 길을 걷는 나의 생각도 총천연색으로 다양했으니 말이다.

그렇다고 해도 곧 해가 저물어올 시간에 산책을 나선 일은 거의 없는 듯하다. 걷는 동안 하늘이 조금씩 그 색을 바꾸고 있었다. 붉게 노을이 물들었고, 보라색에 가까운 빛으로 서서히 바뀌는 것을 보았다. 나의 산책 코스는 대로를 사이에 두고 왕복하는 형태인데, 그렇다 보니 같은 도로를 사이에 두고 갈 때와 올 때가 사뭇 다르다. 같은 도로변인데도 방향만 바뀌면 또다시 새로운 기분이 드는 것이다. 오늘은 방향뿐 아니라 시간의 흐름도 느껴졌다. 해가 조금씩 저물고 있었으므로, 가는 길과 오는 길의 하늘색이 달랐고, 어두워지는 빛의 색감이 달랐기 때문이다.

집이 점차 가까워져 오면서, 주변도 조금씩 어두워지기 시작했다. 어둠이 섞인 푸른빛이었다. 느긋하게 이런저런 생각을 하면 걷고 있을 즈음 갑자기 눈앞이 반짝! 했다.

'뭐지?'

멈추어 서서 눈앞을 보았을 때, 가로등이 빛나고 있었다. 점차 사위가 어두워지기 시작했으므로 길가의 가로등이 점등되는 순간이었다. 주변 빛이 아직 남아 있을 때 가로등은 반짝일 뿐이었지만, 곧 어둠이 내려오자 빛을 뿌리기 시작했다. 걷다 말고 가로등을 한참 바라보았다.

해가 뜨고, 머리 위에 태양이 있었다. 하루 종일 햇살이 좋아 거실 안쪽까지 깊숙이 볕이 들어오는 날이었다.

해가 저물어왔다. 하늘이 붉게 물들고, 보랏빛으로 바뀌며, 어두운 푸른빛이 감돌 즈음 가로등에 불이 켜졌다.

집에 도착했을 땐 이미 해가 지고 어두워졌지만 밤새 가로등은 빛을 낼 것이었다. 길을 밝히고, 주변의 나무와 풀들을 밝히고, 지나가는 사람들을 비추겠지. 다시 해가 떠오른 것은 아니지만, 그렇게 밤은 다시 밝게 빛나는 가로등으로 인해 또 한 번의 빛을 맞이하는 것이다.

내 인생의 가로등이 켜지는 순간을 생각했다. 해가 저물었지만, 아직 오늘이 끝난 것은 아니다. 남은 밤은, 가로등 빛에 의지해 빛날 것이다. 내일 새벽이 오기 전까지 길을 비추어줄 가로등이 있으니 이 밤, 좀 더 멀리까지 걸어도 좋겠다.

원천리천, 걷기의 그 풍경

하루에 백 보도 안 걷는 날이 많았던 인간이, 어느 날 갑자기 만 보씩 걸어보기로 했다. 첫 시작은 베란다의 세탁기까지 얼리던 겨울의 맹추위가 잠시 주춤한 겨울의 오후였다. 집을 나서기 전부터 쓸데없이 비장하게 머리를 굴렸다. 어찌하면 만 보짜리 코스를 만들 수 있을까 궁리했다.

극과 극을 달리는 나란 인간은 일단 저지르면 다 된다는 무계획의 아이콘임과 동시에, 머릿속에 시뮬레이션까지 작동시켜야 맘이 놓이는 프로계획러이기도 하다. 막상 하루에 만 보를 걸어야겠다고 즉흥적으로 결정하고 나니, 이번엔 그 루트를 짜느라 다시 또 계획러의 얼굴을 하고 있었다. 도보 코스로 걸음 수까지 대략 계산해서 머릿속에 루트를 넣었다.

원천리천은 수원시 영통구 하동에서 발원하여 신대저수지와 원천저수지를 지나 황구지천으로 합해지는 지방하천이다. 내가 사는 동네에 바로 그 원천리천이 지나간다. 잘 정비되고 가꾸어진 천변의 산책길은 지나가며 보아도 걷기 좋은 길이다. 동네 토박이라고 얘기하기 부끄럽게도 두세 번 가본 것이 전부이지만, 걷자고 생각하니 가장 먼저 떠오른 곳이었다.

말년에 부모님은 얻어온 개를 한 마리 길렀는데 그 녀석을 데리고 천변을 산책하자고 다 같이 나섰던 적이 있다. 그런데 이 녀석이 집 밖에 나오자 벌벌 떨며 움직이지를 못했다. 결국 한 덩치 하는 개를 엄마가 머리에 이고 천변을 산책했다. 그날, 개를 머리에 이고 가는 엄마의 사진은 오래도록 엄마 핸드폰의 배경 화면이었다. 엄마가 개를 머리에 이고 걷던 그 원천리 천변을 혼자서 걷기 시작했다.

겨울 오후의 산책길엔 사람들이 제법 많았다. 유모차를 끄는 젊은 엄마, 동네 친구들인 듯 보이는 아주머니들이 지나갔다. 걷기도 숨찬데 뛰며 운동하는 젊은 청춘들도 있었다.

노부부는 손을 꼭 잡고 걸었다. 또 다른 노부부는 앞서가는 할아버지가 뒤의 할머니를 챙겼다. "빨리 와!"라고 했지만 딱히 재촉하는 것도 아니었고, 뒤따르는 할머니 역시도 그 소리에 서두르지 않았다. 느릿한 오후의 시간이었다.

아빠도 나이 들며 엄마하고만 다니셨다. 젊어서 그 많던 술친구들을 다 어쨌느냐고 엄마는 타박했지만, 부모님은 늘 함께 다녔다. 원천리천변을 걸으며 부모님 생각을 많이 했다. 이제 부모님은 안 계신 세월이다. 그저 아련했다.

　그렇게 원천리천을 걸으며 겨울이 가고 봄이 왔다. 그리고 한여름의 꼭대기를 지나고 어느새 가을이다.

　천변을 걸으며 지난겨울의 마지막 눈을 맞았었다. 무게 없이 날리듯 내린 눈은 겨울 끝자락이 무색하게 바닥에 금세 쌓였지만, 다음날 산책로에 나왔을 때는 흔적도 없이 녹아있었다.

　눈이 녹은 자리에 푸릇푸릇 싹이 돋았다. 물가에 선 버드나무의 늘어진 가지가 연둣빛으로, 그리고 날이 더워지며 진한 초록으로 너울대는 것을 보며 걸었다. 꽃이 피어났다. 덤불이 우거졌다. 물속엔 더러 팔뚝만 한 잉어들이 몰려다녔다. 원천리천을 걷는 동안 그렇게 매일매일 풍경이 달라지고, 달라지는 풍경으로 시간이 흐르는 것이 느껴졌다.

　원천리천 산책로에서 나오는 길은 아주 많다. 나는 주로 매탄권선역 앞으로 들어가서 쭉 걸었다. 그리고는 광교로 넘어가기 전 사거리에서 출구로 나오거나,

걸어온 길을 되짚어 걸었다.

가면서 오천 보를 걷고, 되돌아오며 다시 오천 보를 채운다. 원천리천의 반환점을 돌며 방향이 바뀌는 풍경을 본다. 인생을 살아가다 보면 알게 모르게 이러한 반환점을 만나는 순간이 분명 있다. 그 순간이 중년의 나이, 꺾어진 오십뿐은 아닐 것이다. 나이와 관계없이 우리는 종종 삶의 방향이 바뀌고, 풍경이 바뀌는 인생의 반환점을 맞이한다. 그것은 원천리천변의 산책길에서처럼 누가 정해주지 않는다. 내 의지로 방향을 바꾸며 반환점으로 삼는 것이다. 그렇게 방향이 바뀐 길에서 우리는 역시 묵묵히, 꾸준하게 걸어간다.

지금 나는 원천리천의 어디쯤을 걷고 있는 것일까. 가을바람이 소슬하고, 나뭇잎의 색이 변하기 시작했다. 오늘도 원천리천변은 특별할 것 없는 풍경이지만 그 편안함과 느릿함이 여유롭다. 인생도 늘 그랬으면 좋겠다.

밥벌이의 어려움

　한낮에는 부쩍 더워졌다. 점점 더 추운 것도, 더운 것도 못 참겠는 건 나이 탓일까, 세상 탓일까. 제 몫의 벌이를 한 지도 여러 해 되다 보니 이름 붙은 특별한 날이면 딸아이는 내가 구입해야지 하고 있던 가전제품을 하나씩 바꿔주었다. 그래서 작년 여름을 보내며 내년엔 나도 딸아이 방에 에어컨을 놓아주겠다고 했기에 더위가 다가오자 그 약속이 떠올랐다.

에어컨은 많았으나 내가 사려는 모델은 이미 정해져 있었고, 그 모델은 디자인도 딱 하나뿐이었으므로 고민할 필요 없이 가격 설명을 들었다. 아직 더위가 본격적이지 않아 물량이 여유 있다고 하면서도 직원은 적극적이었다. 구매조건이 유리한 신용카드도 집에 있었고, 동네 한 바퀴 걷자며 핸드폰 하나만 쥐고 나온 길이라 내일 딸아이 퇴근 후 함께 와서 보여주고 결제하겠다고 하자 직원은 어렵게 말을 꺼냈다.

그는 이번 주에 실적이 없었고, 주말 오전의 회의가 다가와 난감해하고 있었다. 그러니 어차피 내일 결제하실 거면 오늘 결정을 해주었으면 하는 것이었다. 추가로 가격까지 깎아주며 조심스레 말하는데 딸아이 또래의 젊은 그 직원에게서 밥벌이의 어려움이 느껴졌다.

물론 그의 솔직한 어려움의 토로일 수도 있고, 아니면 사람 맘을 이용하는 영업전략일 수도 있다. 그 어떤 것이든 어쨌거나 밥벌이의 어려움이 느껴지는 건 나 역시 이 나이 먹도록 누구에게나 쉬울 리가 없는 그 밥벌이의 시절을 살아왔기 때문일 것이다.

돈을 버는 일은 그것이 무엇이든, 그것이 어떤 일이든 쉬운 것은 하나도 없다. 내 주머니에서 내 돈 꺼내는 일도 여러 번 망설이는 법인데 하물며 남의 주머니에서 돈을 꺼내게 하는 일이 쉬울 리가 있을까. 영업의 일이 아니더라도 마찬가지다. 돈을 받고 하는 일은, 그만큼의 일을 해주어야 맞는 계산이다. 즉 받은 돈은 부채나 마찬가지이므로 빚 갚는 심정으로 정확하게 맡은 일을 해내야만 한다고 생각하며 일했다.

직원 월급을 주면서는 늘 생각했다. 백 원을 주면, 이 사람이 백 원어치만 일해주면 당연한 것이고, 감사하다고 말이다. 물론 반대로 생각하면, 그도 백 원을 받았다면 최소한 백 원어치 일은 해야 내가 정한 계산에 맞는 것도 사실이다.

어쨌거나 내가 늘 생각했던 것은, 어느 누구도 남을

위해서 일하는 것은 아니라는 것이다. 내가 그를 위해 고용해 준 것이 아니고, 그도 나를 위해 봉사하는 것은 아니다. 나는 직원이 필요했고, 그는 일자리가 필요했고, 그러니 서로의 계산에 정확하면 된다고 생각했다.

　대부분은 무난했지만 늘 고용인들과의 관계가 좋기만 했던 것은 아니다. 맡겨놓은 매장은 맘대로 닫아걸고, 팔 다친 남자 친구 병원에 붙어 앉아있던 직원도 있었다. 서류를 확인하고 채용했으나 나중에 보니 언니 신분증이었던 미성년자도 있어서 식겁하기도 했다. 강사 하나는 최단기간에 수강생을 반 토막으로 만들어놓고도 막상 퇴직할 때는 학원 수업용으로 비치했던 교재들까지 싹 다 챙겨가 버린 일도 있다.

　에어컨을 구입하고 돌아오는 길, 오전에 몇 방울 비가 내리던 날씨가 개면서 부쩍 더워져 겉옷을 벗었다. 벚꽃이 지고 나자 다투어 꽃들이 피어났다. 철쭉이며 이팝나무들이 사방에 화사하다. 전 같으면 오후 한때의 이런 여유를 즐기며 길을 걸을 수 있었을까 싶었다.

한낮의 화사한 햇살도, 오렌지빛으로 물들이는 노을도 볼 여유 없이 정신 차려보면 어두워져 있었고, 밤늦은 시간에 터덜터덜 걸어 퇴근했었다. 그러나 밥벌이가 지겹고 싫기만 했을 리는 없다. 지금처럼 한낮에 하루가 48시간쯤 되는 사람처럼 한가롭게 길을 걷는 여유는 없었더라도 그 나름대로 의욕도, 보람도 있던 시간이다.

하지만 밥벌이를 그만두었다고 해서 돈에서 자유로울 수는 없다. 오히려 밥벌이를 하고 있을 땐 계속 벌기에 오히려 모든 것에서 간단할 수 있는데 은퇴 이후엔 좀 더 생각과 궁리가 많아진다. 결국 은퇴했다고 해서 밥벌이에서 자유로운 것은 아니었다. 또 다른 형태의 밥벌이의 계속이니 말이다. 그러고 보면 밥벌이란, 사는 동안 누구도 비켜 갈 수 없는 것인지도 모르겠다.

선의의 여정

"저는 졌어요. 진 건 인정해야죠. 하지만 인정하고 이제 새로 시작하면 된다고 생각합니다."

그는 나를 보며 말했다. 목소리는 담담했다. 월세는 여러 달 밀렸고, 그러니 보증금은 받아 갈 것도 별로 없었다.

두 해 전 그는 1호점에 이어 2호점을 개설하는 것이라고 하며 임대차 계약서에 사인했다. 유학을 다녀왔지만, 인생은 달리 흘러 요식업을 하게 되었다 했다. 고기를 좋아하지 않는다는 사람이 고깃집을 하는 것이 이해되지 않았다. 하지만 그는 말했다.

"고기를 싫어하니까, 고기 잡내는 귀신같이 잡아냅니다. 그러니 저는 고기를 싫어해도 좋은 고기를 고르는 건 자신 있죠."

사람을 잠깐 보아서 전부를 알 수는 없다. 그저 삼십여 분 이야기를 나누고, 계약을 체결한 것이 전부였다. 나와 비슷한 연배였다. 그는 긍정적인 사람인 것일까, 자신감이 넘치는 사람인 것일까. 아니면 무모한 사람인 것일까 알 수가 없었다. 사실 계약의 관계라는 것이 계약서 종이와 그 위의 사인으로 이루어지는 관계이다. 그러므로 그 두 가지 사이의 일까지 굳이 더 궁금할 것은 아니었다.

영업을 시작하고 얼마 되지 않아 코로나가 닥쳤다.

그는 자주 임대료를 밀렸다. 몇 번 임대료를 깎아주기도 했었다. 코로나가 전가의 보도가 될 것은 아니지만, 전 세계적인 팬데믹이니 모른 척할 수도 없었다. 하지만 그보다는 나 역시 오래전 학원을 개원했던 초기, 힘들게 임대료를 냈던 경험이 있다. 그러니 채근하기도 미안했다. "겪어보았으니 모르지는 않습니다만…"이라는 말로 내 마음과 의사를 에둘러 전했다. 임차인은 두 해를 넘게 버텼다. 이제 더는 버티기 힘들다고 하면서 그는 말했다.

"코로나 핑계를 대고 싶지는 않습니다. 결국 제가 모든 이유겠지요."

가끔 생각한다. 인간의 선의는 어디까지일까. 자칫 모자라면 야박하다는 소리를 듣는다. 넘치면 뒤에서 호구라는 소리를 듣기 십상이다. 나는 사실 의심이 많은 사람이다. 의심이 많다는 것이 꼭 속지 않는다는 것과 동의어는 아닐 것이다. 그러니 내가 베푼 여러 선의가 나도 모르는 새에 뒤에서는 호구 짓이 되었을 수도 있다. 알면 속상하니 모르는 것이 속 편하겠다.

그 임차인과의 만남 역시 그러했다. 그의 진솔한 이야기에 공감했다. 하지만 또 모를 일이다. 그의 계약기간은 아직 남아있으니 내가 끝내 모른 척할 수도 있었다. 내가 엄청 여유가 있어서도 아니었다. 코로나 파도는 누구나 맞고 있는 것이 아니던가 말이다. 하지만, 마음이 불편했다. 작은 이득을 위한 그의 세 치 혀에 놀아난 것일 수도 있다. 하지만 그의 말이 와닿았다.

"사과가 한여름에 익는 건 아니니까 빨갛게 익어가는 가을도 괜찮다고 생각합니다."

그는 오십 대 중반의 나이였다. 나이를 먹으며 다소 급해지고, 욕심을 내다보니 이리되었다고 했다. 이제 적은 나이가 아니지만, 그래도 아직 늦지 않았다고 생각한다며 담담하게 웃었다. 허세일 수도 있다. 입에 발린 말일 수도 있고 말이다. 하지만 돌아오는 길에 그의 말을 생각했다.

'나는 그렇게 살고 있는가.'

나 역시 그와 비슷한 연배이다. 이제 내 나이는 무언가를 새로 시작하거나, 과감하게 도전하기엔 어림없는 나이라고 생각했었다. '조용히 늙어가는 일'을 꿈꾸었었다.

일 년 전쯤, 조용히 늙어간다는 것이 아무것도 더 이상 시작하지 않는다는 건 아니라는 생각이 문득 들었던 날이 있다. 그 이후 오래 접어두었던 꿈을 다시 꺼내었고, 나의 이야기를 쓰고 있다.

내가 오늘 그에게 베푼 선의는 호구 짓이었을 수도 있다. 물론 그의 말대로 '너무나 인간적인' 최대의 선의였을 수도 있다. 나는 지금도 어느 쪽인지 알 수는 없다. 그러나 한 가지, 내가 오늘 베푼 선의는 돌고 돌아 나에게로 다시 돌아올 것을 믿는다. 같은 모습, 같은 부피가 아니더라도 괜찮을 것이다. 혹여 내게로 올 수 없다면 내가 사랑하는 이에게 대신 전해진다고 믿고 싶다. 그러니 내가 오늘 베푼 선의가 어디로 흘러갈지는 굳이 따져보지 않기로 한다.

그는 내가 일어서기 전 말했다.

"23시간 59분 59초가 되었더라도 아직 하루가 간 건 아니잖아요. 1초가 남았으니까 아직 시간이 있다고 생각합니다. 다시 시작해야죠."

그의 이 마지막 한마디는 어쩌면 내가 나에게 하고 싶었던 말인지도 모르겠다. 나도 다시 시작할 수 있을 것만 같다.

그렇다면, 나는 이미 내가 베푼 선의를 되돌려 받은 것일까.

나의 이름은

내 이름은 '명원'이다. '밝을 明, 구슬 瑗'을 쓴다. 나는 첫딸을 낳고 연년생으로 태어난 아이였다. 아들을 기대했던 할아버지는 서운한 맘에 한동안 이름을 지어 보내지 않으셨다고 했다. 화가 나신 아빠는 '윤원'이라고 이름을 지어 호적에 올리시려는데 그제야 보내오신 이름이라고 한다.

"이름에 '명' 자는 너무 촌스럽잖아. 차라리 윤원이가 더 좋을 뻔했어."

나는 가끔 불평했다. 하지만 엄마는 내심 그 이름이 어울린다고 생각했다고 한다. 엄마가 나를 뱃속에 가졌을 때 꿈을 꾸었는데 밤하늘에 둥근 보름달이 높이 떴다고 했다. 이웃 할머니에게 꿈 이야기를 했더니 대뜸 "딸이네!" 하셨다는 그 꿈의 주인공이 나라면, '명원'이란 이름은 어쩐지 어울리기도 한다.

"야! 워리!"

초등학교가 국민학교로 불리던 시절, 함께 그 시절을 보낸 친구들은 나를 이렇게 부른다. 그들 사이에서 나의 호칭은 '워리'인 것이다. "멀쩡한 남의 이름 놔두고, 개 이름이냐, 워리가 뭐냐?"라고도 가끔 볼멘소리를 해본다. 하지만 이제 부르는 그들도, 듣는 나도 익숙한 그 이름 '워리'이기도 하다.

때로는 촌스럽게 느껴져서 싫었고. 때로는 남자 이름 같다고 불평했던 내 이름 '명원'이 졸지에 '워리'가 된 이유는 술 덕분이라 할 수 있다. 거나하게 취한 한 친구가 혀 꼬부라진 소리로 잘못 발음했다. 그래서 '명원이'는 '명월이'가 되었다.

또 다른 친구는 평소에도 친한 친구 이름을 뒷자리 하나만 애칭으로 부르는 버릇이 있었다. 희경이면 "경아!"라고 하는 식이다. 그 친구의 습관 덕에 '월이'가 되었다. 결국, 다들 발음이 쉽다는 이유로 불러대기 시작했다. "워리야! 야, 워리!"

인터넷이 우리 생활의 일부가 되면서 '닉네임'이라는 것이 생겼다. 실명을 쓰지 않는 한 거의 모든 곳의 내 닉네임은 '더펄이'다. 더펄이의 사전적인 의미는 '성미가 침착하지 못하고 덜렁대는 사람'이라고 한다. 엄마는 늘 나를 "어이구, 이런 더펄이야!" 하며 야단치시곤 했다. 나는 늘 덜렁대며 잊고 다녔고, 늘 뭔가를 잃어버리고 다녔다. 게다가 물건을 망가뜨리는 데엔 일가견이 있었다. 그래서 내 별명은 '더펄이'였다. 인터넷 세상에서 '전명원'은 그렇게 '더펄이'가 되는 것이다.

생각해보면 나에겐 이렇게 여러 가지 이름이 있다.

할아버지가 보내주신, 밝은 구슬이라는 의미의 '명원'이라는 이름 외에도 나는 '워리' '더펄이' 등의 또 다른 이름으로 불리기도 한다. 신기한 것은 이름이 어찌 불리는 가에 따라 내가 조금씩 달라진다는 것이다.

본명인 '전명원'을 내세울 땐 조금 조심스러워진다. 딱히 양심에 찔리는 과거라든가, 들추면 안 될 비밀이 있는 것도 아니면서 말이다. 역시 본명을 쓴다는 것은, 책임감이 좀 더 느껴지는 기분이다.

반면 '워리'라고 나를 부르는 사람들은 나와 함께 초등학교를 다닌 친구들 뿐이다. 한 학년이 두 반뿐이어서 한해 졸업생이 겨우 백여 명이었던 작은 학교였다. 수원에서 초등학교를 나오고, 여전히 수원에서 토박이로 사는 오랜 친구들이다. 그러므로 나를 '워리'라고 부르는 무리와 있으면 저절로 그 나이쯤으로 돌아간 기분이 든다. 어쩐지 마음이 조금 무장해제 되고, 자세는 살짝 방만해지며, 말투도 엄청 가벼워지는 것이다.

나를 '더펄이'라 불러준 것은 엄마였다. 이제 엄마가 계시지 않으니 나를 '더펄이'로 소리 내어 불러줄 사람은 거의 없다. 그러다 보니 어느새 더펄이는 부르기보다는 눈에 보이는 이름이 되었다. 닉네임이니 당연히 눈에 보이는 이름이 된 것이다. 더펄이를 닉네임으로 정했던 그 오래전에, 나는 이런 날까지 생각한 건 아닌데 말이다. '어이구 더펄이야!'라고 엄마가 소리 내 불러주지 않지만, 닉네임 더펄이를 볼 때마다 나를 그렇게 불러주는 엄마 생각이 나서 정겹고, 그립다.

누구나 이름은 하나이지만, 생각해보면 이처럼 하나의 이름으로만 살지는 않는다. 전명원이든 워리이든, 혹은 더펄이이든 그 모두는 내가 맞다. 불리는 이름에 따라 내가 조금씩 달라지는 것처럼, 이름이란 이렇게 조금씩 다른 나의 표정들인지도 모르겠다. 사람들이 나를 불러줄 때, 내가 나를 소개할 때 나는 내 이름을 말한다. 그때마다 나의 표정은 예의 바르거나, 즐겁거나 혹은 아련할 수도 있겠다. 그 어떤 이름으로 불리든 간에 항상 밝고, 기분 좋아지는 표정이었으면 좋겠

다. 나를 불러주는 이들의 표정 역시 그러했으면 좋겠
다.

　그러니 오늘도 세상에서 제일 밝은 표정으로 인사
한다.
　"안녕하세요, 전명원입니다."

동지 팥죽

"동지가 지나면 그때부터는 새해로 보는 거지."

사람이 떠나고 나면, 그의 말이 남는다. 오늘이 동
지라는 인터넷 포털사이트의 대문화면 그림이 아니더
라도, 팥죽 사진을 친구들이 단톡방에 올려놓지 않아
도, 나는 '동지가 되었으니 이제 새해나 마찬가지인 거

로군.' 하고 속으로 생각했다.

　엎어지면 코 닿을 만큼 가까운 거리에 사는 친정엔 주로 밥 먹으러 들렀다. 아침이면 "생선 구워놓았으니 와서 점심 먹고 출근해라." 하는 엄마의 전화가 종종 왔다. 그 전화가 아니었어도 나는 오후 출근 전에 자주 부모님 댁에 갔다. 방만한 자세로 드러누워 있다가 엄마가 해주는 밥을 먹었다. 새로 담근 김치를 먹기 좋게 일일이 다 썰어서 통에 담아두시면 그것을 들고 왔다. 챙겨주시는 반찬 몇 가지를 들고나오며 툴툴대기도 했다.

　"아이, 들고 가기 귀찮은데."

　내가 나이를 먹어가고, 부모님이 늙어가도록 이처럼 철없는 딸이었다.

　늘 받아먹기만 하는 철딱서니 없는 딸이었지만, 그래도 동지엔 엄마가 좋아하는 팥죽을 샀다. 죽집은 동짓날이면 따로 당일 예약을 받지 못할 만큼 바빴다. 미리 주문한 팥죽들이 줄을 지어 대기하고 있었다. 부모님께 팥죽을 사다 드리면서도 나는 팥죽이 맛이 없다며 먹지 않았다.

"얼마나 맛있는데, 동지엔 팥죽을 먹어야지."

엄마는 혀를 끌끌 차며, 그 맛없는 팥죽을 맛있게 드셨다. 그러면서 늘 말씀하셨다.

"동지가 지나면, 그때부터는 새해로 보는 거야."

생각해보지 않았던 것이 그리워지고, 입맛에 맞지 않던 것이 맛있어진다. 늘 손 닿을 곳에 있을 것만 같던 사람들은 어느새 연기처럼 사라지고 곁에 없다. 사는 일이 손아귀에 쥐고 있던 모래가 빠져나가는 일 같기도 하다.

언젠가부터 나는 팥죽이 맛있어졌다. 동지가 아니더라도 종종 사 먹었다. 동짓날이면 부모님 댁에 팥죽을 사 들고 가던 그 죽집에 아무 날도 아닌 날 가끔 들르곤 했다. 사 들고 가서 철없이 굴 친정은 이제 없다. 내 식구들은 모두 팥죽을 좋아하지 않는다. 그래서 낮에 혼자 먹었다. 지난 부산 여행에선 지나치던 길의 조용한 주택가에서 혼자 팥죽을 사 먹기도 했다. 팥죽이 맛있는 음식이 된 건지, 그리운 음식이 된 건지는 나도 모를 일이다.

올해의 동짓 팥죽을 한 그릇 사 가지고 돌아왔다. 팥죽을 먹는다. 언제인가부터 팥죽은 맛있다.

붉은팥이 액운을 쫓는다.

일 년 중 밤의 길이가 가장 긴 날이다.

동지는 작은 설이라고도 하니, 동지가 지나면 이제 새해로 들어서는 것과 마찬가지다.

나쁜 일은 일어나지 않을 것이다.

내일부터는 어두움이 줄어든다. 그러니 이제 밝은 시간은 조금씩 더 길어질 것이다.

새로운 한 해가 액운을 물리치며 다가온다. 이렇게 또 한 해는, 살아볼 만할 거라는 생각이 든다.

또 다른 풍경 속으로

"일생 돈이 되는 일을 했으니, 이제 돈이 벌리지 않아도 남은 인생은 내가 하고 싶은 일을 하며 살아보겠다"

오래 해온 일을 그만두며, 거창하게 굴었다. 더 이상 출근하지 않는 삶의 여유를 가졌으니 그간 꿈꾸어

오던 여행을 하고, 책을 읽고, 글을 쓰는 삶을 살겠다고 말이다. 물론 단조로운 일상이 되지 않을까 싶었던 마음도 없지 않았다. 어제가 오늘 같고, 오늘이 내일 같지 않을까. 그러나 막상 '더이상 출근하지 않는 삶'을 살기 시작해보니 또 다른 세상이 펼쳐졌다.

운동이라면 숨쉬기 운동이 최고라고 하던 내가, 어느 날 갑자기 매일 걷기 시작했다. 일도 체력이 있어야 하니 운동해야 한다는 소리엔 항상, 출근해야 하니 귀찮다는 핑계를 댔던 나인데 말이다. 출근해야 하니 다 귀찮다는 핑계가 없어지자 그 싫어하던 걷기가 문득 좋아졌다. 걷다가 봄이 오기 직전의 함박눈을 만났고, 걸으며 개나리가 피고, 벚나무가 푸르러지는 것을 보았다. 운동을 그렇게나 싫어하던 사람이었는데, 싫은 것이 좋아지는 날도 온다는 것을 알았다.

아무리 싫은 것이 좋아져도 출근하는 것이 다시 좋아지지는 않았지만, 이제 일하는 사람들의 새로운 모습도 보이기 시작했다. 일할 때는 모든 것의 기준이 수입이었다. '저거 돈이 되나?' 이런 식이었다. 물론, 사람들은 돈을 벌기 위해 일한다. 돈이 전제되지 않는 일은, 일이 아니라 취미일 테니 말이다. 그러나 개중에는 자기가 좋아하고, 꼭 해보고 싶은 일을 위해 과감하게 도전하는 사람들도 있었다.

책을 좋아해서 다니던 직장을 그만두고 작은 독립 서점을 열었다는 여자분은 테이블 서너 개짜리 작은 서점에서 늘 새로운 시도를 했다. 맛있는 조합의 디저트를 개발하고, 그 작은 곳에서 과연 가능할까 싶었지만 독특한 전시까지 해내는 것을 보며 속으로 감탄했다.

직장을 2년간 휴직하고, 계속 업으로 할 것도 아닌 공유 서재라는 낯선 공간을 운영하는 사람도 있었다. 20개월의 휴직기간 동안만 팝업스토어처럼 운영할 공간을 위해 낯선 곳의 폐가를 사서 뜯어고치며 멋진 공간을 만들어냈다. 그 공간은 그의 꿈이었던 것이 분명하다.

딸린 식구가 없고, 아이가 아직 어리고, 무엇보다 그들이 젊기 때문에 과감하게 시도를 해볼 수 있는 것일까 생각했던 적도 있다. 하지만 꼭 나이가 이유가 되는 것은 아닌 듯하다. 성인이 된 자녀를 둔 이웃분은 근처에서 원테이블 식당을 운영하신다. 브레이크 타임도 있는 그 작은 공간에 놀러 오라고 하며 내게 말했다.

"내 놀이터예요!"

그녀의 그 당당한 자신감이 멋있었다.

물론 그들의 삶에 현실이 개입되지 않을 리는 없다. 책이 팔리고, 사람들이 오고, 음식 주문을 받아야 그 공간도 유지가 될 테니 말이다. 하지만 사람들의 일하는 모습을 보니, 나의 지나온 시절에 대한 생각도 다시 한번 해보게 되었다. 지난 시간 동안 내가 덜 노력한 것은 없었을까. 혹여 지금이 나중에 또 다른 후회로 남지는 않을까 하는 일말의 두려움이 전혀 없다면 거짓이다.

일하느라 바빴던 시절에는 모든 핑계가 "바빠서, 시간이 없어서"였다. 반은 맞고, 반은 핑계이다. 나름 만족해하는 나날을 보내며 만 보를 걷던 어느 날이었다. 길을 걷는 사람들의 저마다 다른 발걸음이 보였다. 바쁘게 총총걸음으로 지나가는 사람도 있었고, 느긋하게 엿가락처럼 늘어진 발걸음을 옮기는 이도 있었다. 모두 그런 것은 아니었지만, 바쁘게 어디론가 가는 이는 젊은이들이 많았고, 산책하는 발걸음은 대부분 중년 이후의 사람들인 경우가 많았다.

걸음의 속도가 보이기 시작하자 느긋하게 내 속도로 걷던 나는 갑자기, 마치 일이 있었는데 잊고 있었다는 듯 종종걸음으로 바쁘게 걸었다. 그러다 횡단보도를 만났고 신호등을 바라보며 잠시 멈추었을 때, 그제야 나의 속도에 대해 생각했다. 나도 멈추거나 쉴 시간 없이 부지런히 뛰듯 걷는 시간이 있었다. 핑계가 대부분이었지만 바빠서 운동은 못 하겠다고, 나중에 은퇴하고 시간 많아지면 그땐 느긋하게 산책도 하고 살아야지 했다. 하고 싶지만 돈이 안 될 것 같은 일도 은퇴

하고 해야지 했다.

　시간은 누구에게나 똑같다. 은퇴 이후의 시간이 하루 48시간이 된 것도 아니고, 12시간으로 줄어든 것도 아니다. 나의 속도, 나의 발걸음을 잊지 않는 것이 중요하다는 생각이 들었다. 그러니 다른 이의 발걸음을 따를 필요도 없고, 지나온 발걸음의 속도를 다시 떠올릴 필요도 없는 것이다.

　해가 저무는 창밖을 보며 생각한다. '내일은 그 작은 서점에 가보아야겠다. 수다쟁이 요리사의 음식점에서 한 끼를 먹어도 좋겠네.' 그 공간들은 그들의 꿈일 것이다. 마찬가지로 하루 중에 잠깐, 그 공간에 머무는 나 역시 그러한 시간을 보내는 것이 내가 꿈꾸던 것이다. 그러니 그 어떤 자리에서, 그 어떤 모습으로, 그 어떤 시간을 보내든 내가 만족하는 시간은 그 자체로 충분하다.
　나는 이렇게 오늘도 또 다른 풍경속으로 들어간다. 나만의 속도로 뚜벅뚜벅.

우렁각시의 벌초

처서가 지나면 더 이상 풀이 자라지 않는다고 한다. 벌초의 시기인 것이다. 아침에 일어나 예초기를 챙겼다. 얼린 물과 목장갑도 넣고, 전지가위와 작은 톱까지도 잊지 않았다. 작년 벌초하러 갔을 때 거슬리던 나뭇가지들이 생각났기 때문이다. 작년엔 무슨 정신에 벌초하러 갔는지, 막상 가서 보니 목장갑도, 갈아입을 작

업복도 안 가지고 예초기만 덜렁 챙겨 온 꼴이었다. 벌
초 경력이 이십 년이 훌쩍 넘었는데도 말이다. 올해는
빼놓은 것 없이 잘 챙기리라 유난스레 꼼꼼하게 확인
하고, 무거운 짐들을 차에 실었다.

남편은 처음 결혼할 땐 생각지도 않았던 아들 노릇
을 해온 지 이십 년도 더 넘었다. 남동생이 군대에서
사고로 영영 떠났을 때 조문 온 시부모님이 말했다.

"사위가 아니라 이제 아들이려니 해주세요."

아들 없는 집에 아들 노릇 하는 것을 반길 시부모
가 어디 있으랴 마는, 그 이후에도 오랫동안 시댁에 서
운하고 원망스러운 일들은 그날의 한마디로 넘기곤 했
다.

남편은 그 이후 이십 년도 넘는 세월 동안 예초기를
들고 처가 벌초를 한다. "벌초하고 나면 손이 떨려서
숟가락을 못 들겠어." 라거나 "이제 한해 한해 다르네."
하면서도 말이다. 남편과 이런저런 이야기들을 나누던
끝에 내 입에서 나오는 말은 항상 같다.

"다음번 돌아오는 윤달엔 산소를 정리해야지."

부모님도 늘 산소를 정리해야겠다 하셨지만, 엄두를 내지 못했다. 그러던 와중에 함께 아프셨고, 연달아 돌아올 수 없는 길을 가셨다. 아빠는 돌아가시기 며칠 전 갑자기 할아버지 산소엘 가자고 우겼고, 엄마는 "산소는 이제 네가 정리해라." 하셨다.

두 분이 돌아가시고 삼 년이 지난 작년, 윤달이 돌아왔다. 산소를 정리하려고 맘먹었지만 결국 정리하지 못했다. 부모님 돌아가시고 삼 년이 지나자마자 조부모님 산소를 냉큼 정리하려니 편치 않았다. 그리고 무엇보다도 무덤을 여는, 장례와도 비슷한 그 일련의 과정을 접하며 죽음을 또다시 마주할 엄두를 내지 못했다.

"내가 아직은 마음의 준비가 안 됐어. 다음 윤달이 돌아오면 그때 하자"

그렇게 말했을 때 남편은 "그러지 뭐." 흔쾌히 대답하고서는 처서가 지나고 추석이 다가오자 하던 대로 예초기를 어깨에 멨다.

올해도 벌초를 하러 가면서 늘 하던 대로 말한다.

"다음 윤달이 돌아오면 정말 정리해야지."

그렇지만 그때엔 마음의 준비가 되어 있으려나. 사실 나는 아직 자신이 없다. 산소를 제대로 관리하지 못해서 정글을 만들어버리면서도, 그 산소를 정리하는 것에는 엄두를 내지 못하고 있는 것이다.

두런두런 얘기하다 옆 산소의 후손 이야기가 나왔다. 할머니를 포함해 딸만 둘이었던 증조할머니가 들인 양자라고 했다. 양자라고 해서 달리 의무와 책임을 하거나, 호적에 올린 것은 아니었다. 그저 한동네에서 살던 정으로 양자라 호칭하던 사이라고 했다. 그들의 후손이 있지만 벌초를 하지도, 성묘하러 가서 마주친 적도 없었다. 그 집 후손들이 아예 오지 않는 건 아닐까 싶을 정도였다. 아주 어렸을 때 그 집 형제들과 몇 번 왕래한 이후 소식이 끊겼으니 알 길이 없었다.

그런데 산소에 도착했을 때, 둘 다 그만 깜짝 놀라 멈춰 서고 말았다. 우렁각시가 다녀간 듯 봉분 세 기가 매끈하게 벌초가 되어 있는 것이 아닌가. 쥐 파먹은 듯 깎아놓기 일쑤인 우리의 솜씨와 달리 전문가의 손길인 듯 밤톨처럼 깔끔하게 깎여진 산소를 보니 예쁘다는 생각이 들 정도였다. 깎인 풀 위로 새 풀이 살짝 자라 있는 것을 보아선 한 주 전쯤 벌초를 한 듯한데 대체 알 수가 없는 일이었다.

술을 따르고, 절을 하고 나서도 남편과 둘이 추리를 거듭했다. 벌초라고 와서 할 사람은 옆집 산소의 후손들밖엔 없다. 매해 오던 시기에 와서 벌초했건만 미리 해놓은 것을 보면, 아마도 이번에는 우리가 오기 전 미리 벌초를 하기로 작심한듯하다. 생전 와보지도 않고, 벌초 한 번을 안 한다고 흉보았던 것을 살짝 반성도 하고, 갑자기 무슨 바람이 들었나 의아하기도 했다.

미리 만반의 준비를 하고, 땀 흘릴 각오까지 하고 나선 길이었는데 뭔가 우렁각시의 보너스를 받은 것 같았다. 힘들이지 않고 이리 이쁘게 벌초가 되었다는, 살짝 횡재한 것 같은 기분이 든 것도 사실이다. 그러나 또 한편으로는, 들고 있던 연장을 누가 가져간 듯 허전하기도 했다. 뿐만 아니라 해야 할 일을 해내지 못한 듯한 찜찜함 마저 슬쩍 끼어들었다. 할아버지 할머니

께 죄송한 마음, 내 몫을 하지 않은 것 같은 불편함이
한데 섞였다.

  윤달이 오면 산소를 정리해야지…. 라고 했던 말들
을 생각했다. 나와 달리 얼굴도 모르는 외증조부모님
벌초를 딸아이에게 넘겨줄 일이 아니지 않은가 했다.
추석이 다가오면 숙제하듯 의무감에서 벌초를 한번 할
뿐이고 한식에 한 번 더 찾는 것으로 끝이었다. 그런데
막상 내가 해내지 않은 벌초가 다 되어 있는 산소를 보
니 참 여러 가지 마음이 들었다. 아마도 이런 마음들이
있기에 나는 아직 산소를 정리하지 못하고 있는지도
모르겠다고 생각했다. 부모님이 결국은 산소를 정리하
지 못하신 이유도 이제야 이해가 되었다.

  "벌초를 했더라면 손이 떨렸을 텐데…."라고 하며
남편은 안 떨리는 손으로 저녁을 먹었다. 그리고는 둘
이 야외테이블을 내놓은 카페에 앉아 지나가는 차들을
보며 차를 마셨다. 해가 뉘엿뉘엿 넘어가는 저녁 바람
이 시원했다.

"언제 처서가 지나고, 언제 날은 이렇게 시원해졌을까."라는 내 말에 남편이 말했다.

"올 한 해도 다 갔어, 이제."

겨우 추석을 앞두었을 뿐인데 한 해가 다 갔다고 둘이 맞장구치며 웃었다. 벌초를 하지 않았지만, 벌초의 하루는 이렇게 지나갔다.

그런데…. 내년 추석에도 우렁각시가 오려나.

함께, 그 길

나는 가끔 우리나라의 천주교 성지를 찾곤 한다. 이
번에 찾아간 곳은 충남의 도앙골 성지였다. 지도 앱을
따라갔으나 그곳엔 허름한 성당만 있을 뿐이었다. 산
골 성지엔 작고 표나지 않는 성당도 더러 있었으니 혹
시나 하였지만, 이상하리만치 그 어떤 곳에도 성지 안
내판이 없었다. 마당을 서성이니 어떤 분이 나오셔서

는 여기는 성지가 아니라며 위치를 다시 확인해주셨다. 지도상으로 봐도 아주 가까운 곳은 아니다. 어쩌다가 이곳이 지도 앱엔 성지로 나와 있었을까 난감해하며 다시 핸들을 돌렸다.

마을 안쪽 시골길이니 빠듯한 왕복 1차선의 폭일 뿐인데 그나마 점점 길이 좁아졌다. 내비게이션에서는 아직 3킬로 가까이 남았다는데 맞은편에서 차라도 온다면 비켜설 자리조차 없는 외길이 이어졌다. 길은 제대로 들어선 걸까 불안할 즈음 한 번씩 작은 표지판이 있는 것은 위안이 되었지만, 맞은편에서 차가 올까 봐 손에 땀을 쥐는 운전길이었다.

"이러다 맞은편에서 차가 오면 어떻게 하지?"

옆에 앉은 남편에게 같은 소리를 스무 번쯤은 한 것 같다. 차가 겨우 한 대 지나갈 좁은 길옆으로는 과수원이었고, 밭이었다. 드문드문 있는 인가는 그나마 끊어졌다. 급기야 지나가는 차도, 사람도 없는 게 당연해 보이는 그 외길에서 산길을 내려오는 차를 만났고, 천만다행으로 후진해서 비켜설 자리를 만들어 준 그 운전자 덕에 위기를 모면했다.

식은땀을 흘리며 겨우 목적지라고 내비게이션이 이야기해주는 곳 앞에 오니 주차할 곳도 만만치 않아 보였다. 비탈 공터에 차를 두고 언덕을 조금 올라 만난 도앙골 성지. 그렇게 반가울 수가 없다. 성지 옆에는 대피소 산장 같은 분위기의 작은 집이 있어서 툇마루의 순례 도장을 꺼내어 꾸욱 눌러 찍었다. 사람은 보이지 않고 막다른 길의 고요뿐이었다.

툇마루에 잠시 앉았다. 도로라고도 할 게 없는, 차 한 대 지나가기도 버거운 좁은 길을 따라 한참을 올라와 그렇게 성지는 산과 막막하게 닿아있었다. 이 깊은 곳에서, 그 오래전의 옛사람은 멀리 편지를 써 보냈다고 한다. 지금도 이 산속은 깊고도 외진 곳인데 그 시절의 모습은 더더욱 상상이 되지 않았다. 주변을 둘러보았다. 한낮의 고요도 가볍지 않은 곳이다. 산의 어둠이 내려앉은 적막 속에서 혼자 앉아 편지를 쓰는 사람의 마음을 생각한다. 그것은, 어떤 것이었을까.

잠시 둘러보고 다시 차에 올랐다.

"이제 가자! 그런데 내려가려니 저 외길 너무 무섭다."

핸들을 다시 잡으며 남편을 보고 웃었다. 올라올 때는 맞은편에 차가 오면 어쩌나 하는 생각에 다른 것은 제대로 보이지도 않더니, 내려가는 길엔 그래도 한번 지난 길이라고 마음이 조금 나았다. 올라올 때와는 달리 농담도 하며 운전을 하다 문득 생각했다. 이 길에서 혼자가 아니라 참 다행이구나, 하고 말이다.

맞은편에서 차가 온다면 어쩌지, 이 좁은 길을 지나갈 수 있을까, 인가도 인적도 없는 외딴곳이라 너무 무서운데…. 이런 걱정과 두려움을 나눌 이가 있어 이곳까지 올라올 수 있었다는 생각이 그제야 들었다. 어떠한 막막한 일이 생기더라도 혼자가 아니니 어찌 되겠지, 하며 알게 모르게 용기를 낼 수 있었구나 하고 말이다.

혼자가 아니라는 것, 같이 있다는 것, 우리가 함께라는 것. 이런 것들이 참 다행스러운 일이라는 것을 대부분은 잊고 산다. 우리가 숨 쉬는 공기 같은 것인지도 모르겠다. 늘 존재하지만, 늘 덕분인 것이지만 그래서 잊고 살기도 하는 것 말이다. 좁은 임도를 모두 내려와 지방 국도를 만났을 때 둘이 함께 안도의 한숨을 내쉬었다. 운전한 사람이나, 보조석에 탄 사람이나 긴장을 내려놓는 순간이었다.

뻥 뚫린 고속도로를 쌩쌩 달린다면, 또 어느 순간 외길 임도의 막막함을 잊을 게 분명하다. 하지만 언젠가 산의 어둠이 내려온 막다른 길에서 홀로 앉아 편지를 쓰는 날이 온다면, 오늘 함께 했던 길을 떠올리며 잠시 덜 외로울 수도 있겠다.

우리가 그 무섭던 외길 임도 몇 킬로를 둘이 함께 왕복했었던 때가 있었지, 하고 말이다.

빨간 고기, 혹은 열기

엄마는 가끔 '빨간 고기' 이야기를 했다. 우리 형제들이 아기였고, 부모님은 젊던 시절 부산의 구포역 부근에서 살 때를 이야기할 때면 빠지지 않고 나오는 이야기였다.

결혼을 하고 이태가 넘도록 아이가 생기지 않아 애

를 태우다 얻은 귀한 딸이 언니였다고 했다. 아기 적부터 까다롭기도 해서 유독 신경을 써서 키웠는데 연년생으로 내가 태어났다. 터울 없이 동생을 본 첫째가 신경 쓰여 엄마는 깨죽, 흑임자죽을 해먹이고 밥을 먹이면서부터는 입 짧은 아이에게 그 '빨간 고기'를 구워서 먹였다고 했다. 흰밥에 그 빨간 고기를 구워 살만 발라 얹어주면 잘 먹었다고.

"생선 이름이 빨간 고기야?"라고 물었을 때 엄마도 자신 없어 했다. 일가친척은 모두 개성 출신들이셨으며, 서울에서 서울 사람으로 어른이 된 엄마도 그 빨간 고기의 진짜 이름은 모른다고 했다. 결혼해 아빠의 근무지였던 구포에 신혼살림을 차리고 몇 년 살았는데 시장에선 그 빨간 고기를 흔하게 팔았다고만 말이다.

"나는? 나는 그 빨간 고기 안 먹였어?"라고 볼멘소리를 했다. 그때 엄마는 크게 웃으며 말씀하셨다.

"넌, 요강에 앉아서 설사를 하면서도 밥을 먹던 애인데 뭘…."

대구를 처음 갔던 것은 이십 년도 더 된 일이다. 그리고는 갈 일이 없었다가 최근 우연한 기회에 몇 번을 가게 되었다. 얼마 전 또다시 방문한 대구는 여행 목적이 아니었으므로 동행한 남편의 일이 끝나기를 기다려야 하는 몇 시간이 내게 주어졌다.

신매동이라고 했다. 특별한 볼거리가 있는 것은 아닌, 그저 평범한 동네였다. 조금 색다른 점이라면 1층에 학원이 많았다는 것 정도일까. 내가 사는 동네의 학원은 거의 3층 이상에 위치하기에 상가주택 1층마다 학원이 있는 골목은 어쩐지 낯설었다.

동네를 걸었다. 깔끔하고 조용한 성당도 들여다보았으며, 방학인 학교의 고요한 풍경도 기웃거려보았다. 그러다 우연히 발걸음이 시장에 닿았다. 자연스럽게 그리로 향했다. 신매시장이었다. 팬데믹의 광풍이어도 명절은 다가온다. 명절의 활기가 느껴졌다. 조기, 나물, 떡, 과일 등 차례 음식이 유난히 눈에 띄었다. 그리고 그중에서도 눈길을 사로잡은 것이 바로 '빨간 고기'였다.

내가 사는 수원에도 재래시장이 있다. 그곳에서는 다양한 생선을 팔고 있긴 하지만 그 빨간 고기를 보기는 쉽지 않았다. 주로 이용하는 대형마트에선 더더욱 보기 힘들다. 엄마는, 아랫지방엔 그 빨간 고기가 흔하더라고 하셨었다. 그 말씀이 맞는 것일까. 신매시장엔 조기만큼이나 빨간 고기가 좌판에 흔했다.

어린 시절 언니에게 빨간 고기를 먹인 이야기를 하던 엄마를 생각했다. 이제는 지구 반대편에 있는 언니도 생각했다. 웃음이 났다. 그리고 그리움이 밀려들었다. 들여다보고 있자니 생선을 사려는가 싶었는지 좌판 아저씨께서 말씀하셨다. "열기 큰 건 네 마리, 작은 건 다섯 마리예요. 원래 이만 원씩인데 만원에 드릴 테니 가져가요."

아! 빨간 고기의 이름이 열기였구나. 그제야 알았다.

시장 구경을 마치고 돌아 나오는 나의 손에 뜬금없

이 열기 네 마리가 들려있었다. 낯선 대구의 동네 골목을 걷다가, 난데없이 빨간 고기 네 마리를 들고 걷자니 혼자 웃음이 났다. 그때였다. 마치 기다렸다는 듯 지구 반대편의 언니가 카톡을 보내왔다. 나는 빨간 고기를 산 이야기를 하며 "내가 한이 맺혀서 왕창 큰 걸로 네 마리나 샀어."라고 했다.

왜 엄마는 언니에게 그 빨간 고기 살점을 발라 정성스레 먹인 이야기를 나한테 우스갯소리처럼 하며 웃었는지 모를 일이다. 그 이야기를 해주니 막상 언니는 들은 기억이 없다고 했다. 그저 기억하는 것은 엄마가 내게 얘기했듯이 '요강 타고 앉아서도 밥을 먹던' 나의 이야기였을 뿐이라고 했다. 열기 네 마리를 담은 봉투를 들고 낯선 동네의 골목을 걸으며 엄마 이야기를 떠올리며 혼자 웃었다.

일을 마친 남편과 함께 집으로 돌아오는 길, 오창을 지날 즈음 난데없이 부고를 받았다. 조의금만을 보낼 사이는 아니었다. 떠나고 안 계신 나의 부모님 장례

때에도 와준 사람이었으니 말이다. 피곤했으나 집보다도 더 멀리 가야 하는 장례식장으로 향했다. 길어진 운전을 하는 동안 이런저런 말을 나누었다. 우리가 어린 시절 빨간 고기라 불렀던 생선의 진짜 이름은 '열기'였다는 말, 거기에 이제 떠나고 안 계신 부모님 이야기를 얹었다.

사람은 떠나지만 그저 연기처럼 흩어지는 것만은 아니다. 그들은 추억으로 남아있으니 말이다. 엄마가 계셨다면 "그 빨간 고기는 열기라는 생선이래요." 하는 말을 전해드릴 수도 있을 것이다. 대구의 작은 시장에서 산 열기 네 마리를 들고 가 함께 구워 저녁 식탁 앞에 앉았을 수도 있었겠다. 그러나 이제 부모님은 계시지 않으므로 그저 추억으로 이야기할 뿐이다. 열기는, 여전히 빨간 고기인 채로 남는다.

장례식장엔 사람들이 많았다. 코로나 시대에도 아기는 태어나고, 누군가는 생을 접는다. 코로나가 아니라 그 무엇이라도 해야 할 일은 해야 하고, 해야 할 도리는 해야 하는 게 인생이라는 생각이 들었다. 새벽에 대구에 내려가선, 난생처음 가본 동네를 걷다가 뜬금없이 빨간 생선을 샀다. 그리고는 다시 되짚어 집으로 돌아오다 부고를 받았다. 서울까지 올라와 조문을 마치고, 다시 집으로 내려가니 자정이 다 되었다.

다행히 열기, 아니 빨간 고기는 아직 녹지 않았다.

수원화성 성곽길

    어렸을 때 우리는 '팔달산'이라는 멀쩡한 이름을 놔두고 늘 '팔딱산'이라고 불렀다. 우리의 그 정겹고도 이상하게 발음되던 팔딱산, 아니 팔달산은 늘 수원 한가운데에 있어왔다.

    수원은 성곽의 도시이다. 그 팔달산을 감싸고 성곽이 구불구불 이어져 옛 모습을 그대로 보여준다. 서울처럼 동서남북의 문이 여전히 남아있을 뿐 아니라 모두 성곽으로 연결되어 있는 것이다.

우리나라 최초의 계획 신도시, 정약용의 신문물로 축성한…. 이런 부연 설명보다 더 와닿는 것은 어렸을 때 아빠가 들려준 우스갯소리였다. 남문은 남아있고, 북문은 부서지고, 동문은 도망가고, 서문은 서 있어서 서문이라고 했다. 이게 수원에 해당되는 우스개인지 서울을 기준으로 생긴 우스개인지 나는 알지 못한다. 다만 아빠가 그 얘기를 해주었을 때 손뼉을 치며 웃었던 기억이 난다.

"진짜 그랬어? 진짜 6.25 전쟁 때 동문이랑 북문은 다 없어졌었어?"

아주 진지하게 물어보기도 했었다. 그때 아빠가 뭐라 했었던가.

지금의 수원 화성은 잘 단장되고, 걷기 코스로 말끔하다. 어린 시절의 화성 성곽은 지금처럼 테두리 원형을 완벽하게 유지하고 있지는 않았다. 꾸준하게 복원하고 가꾸어 현재는 유네스코 세계문화유산이 된 수원의 화성이다. 끊어졌던 성곽이 복원되었기에 성곽을 따라서 완전한 한 바퀴 코스로 돌아볼 수 있게 되었다.

팔달문에서 시작한 걸음은 화서문, 장안문, 방화수류정, 그리고 창룡문을 거쳐 다시 팔달문으로 원점 회귀한다. 코스 안내에는 3시간이라고 나와 있었지만, 기념스탬프를 찍지 않고 그저 걸어서 돌았기에 2시간이 채 걸리지 않았다.

수원 토박이들이 '남문'이라 부르던 곳은 '팔달문'이라는 정식 호칭이 있지만, 아직도 흔하게 튀어나온다. "예전엔 항상 '남문'에서 놀았었는데…. 남문이 최고였지." 하고 말이다. 수원 토박이신 아빠의 말씀으로는 예전엔 차들이 지금과 같이 팔달문을 두고 회전하는 것이 아니라, 그 문 가운데로 통과해 다녔었다고 한다. 지금처럼 도로가 넓지 않고, 차도 별로 없던 시절 얘기일 것이다.

팔달문 주변의 상권은 쇠락했지만, 재래시장과 화성행궁 주변은 활기를 잃지 않고 있다. 여전히 시장에선 소란한 실랑이가 넘치고, 대형마트에선 볼 수 없는 희한한 것들을 종종 발견하게 되는 즐거움도 있다. 특히나 행궁 주변의 '행리단길'이라고 불리는 행궁동 주변은 작은 공방들과 맛집, 카페들이 모여 독특한 풍경을 만들어낸다.

성곽을 따라 돌다 보면 내리막길 아래로 화서문이 보인다. 화서문의 생김은 독특하고 아름답다. 전면부에 둥근 옹성을 두른 모양이 눈길을 사로잡는데, 평지에서 보는 것보다는 역시 약간 위에서 조망해야 더 예쁘다. 나는 그 주변의 중고등학교를 다녔다. 성곽에 매달려 멀리 내다보았다. 저기쯤에 내가 다닌 학교가 있겠네. 여전하려나, 갑자기 아련하기도 했다.

도로에 한 번도 내려서지 않고 옛 시절의 보초인 듯 성곽만 따라 그렇게 장안문을 지나고 방화수류정까지 간다. 중학교 때 언니는 미술을 했다. 나무로 된 화구 박스가 그렇게나 신기했는데, 나는 그림엔 젬병인 아이였다. 화구 박스를 멋지게 들고 그림을 그리러 간다는 언니를 따라나선 곳 중엔 방화수류정도 있었다. 처음엔 군사 지휘부로 만들었다는데 이렇게 멋진 곳을 군사 지휘부로만 쓰기는 너무 아깝지 않은가. 역시나 옛 시절에 이곳은 정자의 역할도 겸했다고 한다.

걸음은 이제 창룡문에 닿는다. 넓은 활터가 함께 있다. 미국에 사는 조카가 어린 시절에 왔을 때 데리고 왔던 기억이 있다. 미국으로 이민 간 국가대표 양궁선수의 수업을 들었다는 조카는, 같은 종류의 활은 아니었지만 나름 안정된 자세로 활을 쏘았다. 그 귀엽던 녀석이 이제 사관생도가 된 세월이다. 활 대신 총을 들고 사격 연습을 한다. 활터를 보며 조카를 한 번 더 떠올리다 보니 마음은 멀고도 먼 미국 동부에까지 닿았다.

새벽에 내린 비로 성곽길을 걷는 이는 드물었다. 더욱이 이른 아침이라 호젓했다. 천천히 성곽만 따라 걷다 보니 그렇게 다시 팔달문에 닿았다. 바로 지동시장으로 내려올 수 있다. 지동시장으로 내려서면 바로 '통닭 거리'를 만난다. 어렸을 때부터 그저 가던 곳이, 영화에 나오며 유명해지더니 사방에 '통닭 거리' 광고판을 달고 있다. 익숙하던 것이 유명해지면 좋기도 하고, 새삼 낯설어지기도 한다. 뿌듯하기도 하면서, 한편 서운해지기도 하는 것이다.

수원에 살면서도 화성 성곽길을 한 바퀴 도는 일은 맘을 먹고서야 나서게 되었다. 수원사람으로서는 흔하게 보아왔고, 흔하게 보이는 것이 화성이지만 일부가 아닌 전체를 돌아보는 일이 왜 이리 어려웠나 싶다. 성벽을 따라 두어 시간이었다. 수원화성의 성곽길을 따라 걸으며 어쩐지 과거와 현재의 경계선을 걷는 것 같은 기분이 들었다.

성곽을 따라 걸으며 차곡차곡 쌓아 올린 돌벽에 살며시 손을 대어 보았다. 잠시 옛사람이 된 것 같다. 걷다가 멀리 눈을 들어 바라보면 고층빌딩들이 솟은 도시의 풍경이 눈에 들어온다. 지금은 2021년의 가을이다.

그저 그리워할 뿐이다

3부————— 꿈

저자 친필 사인본

저자 친필 사인을 받은 책을 세 권 갖고 있다.

처음 저자 친필 사인본을 받게 된 것은 초중고를 다닐 동안 오래 학원 수강을 한 자매의 아버지로부터였다. 아이들 아버지의 취미는 놀랍게도 우리말 해례 공부였다. 전공자도, 정식으로 공부한 바도 없다는 그것을 취미 삼아 밤마다 공부하시며 너무나 좋아하신다는 말을 듣고, 내 첫마디가 "아빠, 너무 멋있으시다!"였다.

"돈 안 되는 짓만 한다고 엄마한테 맨날 혼나는데요?"

아이들은 까르르 웃었지만, 얼마 후 수줍게 뭔가를 내밀었다.

"아빠가 갖다 드리래요."

드디어 자매의 아버지는 그 오랜 세월의 노력을 정리해 세상에 내놓으셨다고 했다. 물론 아이들 말에 의하면 팔리지도 않을 책인데 돈이 너무 많이 들었다, 라는 엄마의 잔소리를 또 엄청나게 들으셨다고 했지만 말이다.

'우리말 해례'

수필이나 소설에 익숙한 내게는 높디높은 벽이었지만, 그렇기에 저자에게 머리가 숙여졌다.

"너무나 엉뚱한 이야기 같았던 '우리말 해례'의 내용들을 풀이하며 광맥이라도 발견한 듯 흥분의 상태가 되었던 초기에는, 눈길만 받아도 이것에 대해 같이 공감하며 감동할 것 같은 생각에 우리말 이야기를 시작하였다. 그러나 관심을 가지고 격려하여 주던 주변인들이 시간이 지나며 현실감 잃어버린 이야기로 받아들이는 것에 필자가 절망하고 있을 무렵….”이라는 저자 서문 글귀를 오래 읽었다.

글자와 글자 사이에 담긴 그 어려움과 환희가 고스란히 느껴졌다.

나는 지금도 가끔 ‘우리말 해례’를 본다. 사실, 우리말인데 남의 나라말처럼 어렵기만 한 그 내용을 들여다보는 것은 아니라는 걸 먼저 고백한다. 사실 내가 보는 것은 그 ‘우리말 해례’의 저자 서문이다.

그 어떤 것이, 그렇게 오랜 시간을 놔주지 않는 즐거움을 알고 있는 사람들은 절대 흔하지 않은 법이다. 서문을 한 자 한 자 읽을 때마다 그 자매의 아버지가 멋지고, 부러웠다. 나 역시도 지치지 않고 그런 사람이었으면 좋겠다는 생각을 했다.

그 책의 저자는 이렇게 친필 사인을 해서 보내주셨다.

“감사함을 표현 못 했던 전명원 선생님께 이 책을

드립니다."

두 번째 받았던 책은 온라인상에서 오래 알고 지냈
으나 뵌 적 없던 분으로부터였다. 부모님의 병환과 연
이은 상을 치르며, 내 의지와 관계없이 남겨지는 것들
이 전과는 다르게 다가왔다. 미련 없이 오랜 블로그를
닫았다. 블로그는 아깝지 않았으나, 종종 오랜 이웃들
은 그리웠다. 시간이 지나고, 내가 그렇게 문밖을 서성
일 동안 그분은 여전히 그 자리에서 꾸준히 글을 쓰시
고, 어느새 책을 내셨다. 부럽고 멋지다는 말로 인사를
대신 전했다. 솔직한 마음이었다.

"그때가 언제이든, 어떤 차를 함께 나누든, 만나면
손을 가볍게 잡고 '꼭 한번 뵙고 싶었어요~~'라는 말도
나눌 때가 오겠지요?"라고 하는 내 말에 그분이 답을
주셨다.

"우리가 만나면 눈물이 날 것 같은 기분은 왜일까
요."

올해 봄, 나는 드디어 오랜 세월을 건너 그 작가님

을 처음 만났다. 쓰신 글처럼 상대방을 더없이 편안하게 하는 분이었다. 노래가 가수와 비슷한 분위기인 것처럼 작가 역시 그와 같은 분위기의 글을 쓰게 되는 것인지 모르겠다고 대화 내내 생각했다.

그분이 보내주셨던 책에는 "온라인의 인연이 아름답게 이어져서 기쁩니다. 지금, 여기에서 행복하세요!"라고 적혀있었다.

가끔 들러보는 독립서점이 있다. 서점 지기는 작가이기도 하다. 젊은 그는 책을 만들고, 서점을 운영한다. 커피를 내리거나 와인 또는 맥주를 내놓기도 한다. 그의 서점에 들어서면 책등이 보이는 것이 아니라 책 표지들이 모두 나를 보고 있다. 해가 정면으로 들어오는 구조가 아님에도 그곳에 들어서면 마치 해바라기 밭에 들어선 것 같다는 생각을 항상 한다. 책들의 얼굴이 모두 나를 향해 있다. 모두 나를 본다. 그렇게 눈을 맞춘다.

좀 더 일찍 내가 글쓰기를 시작했으면 달랐을까 생각했던 적이 있다. 아니, 중도에 그만두지 않았더라면 달랐을까 하고 말이다. 늘 바빠서, 라고 했다. 반은 맞고 반은 틀리다. 젊은 서점 지기의 공간을 둘러본다. 이 많은 책 사이에서 내 이름이 박힌 책이, 내가 그랬 듯 이 공간에 들어서는 사람들과 눈을 맞출 날이 오려 나. 또 다른 책들의 공간에서 누군가를 만나고, 누군가 의 손에 들려 밤을 지새울 순간이 오려나.

그는 책의 뒷면에 사인을 해주었다.

"전명원 님, 이제 저에게 당신의 이야기를 들려주세 요."

"앞으로 어떤 글을 쓰고 싶으신가요?"라는 질문을 받았다. 간단하게 몇 줄 적어 보내면 된다고 하는데, 그 질문이 그렇게 어려웠다. 글을 쓰고, 내 글이 가끔 어딘 가에 실린다. 활자로 세상에 나온 나의 글들을 생각했 다. 이미 내 손을 떠나 별개의 존재가 되었지만, 그들은 영원히 나로 존재할 것이다. 글은 또 다른 나이므로, 솔 직하고 진심인 글이었으면 한다는 마음을 적어 보냈 다.

그리고 생각했다. 언젠가 나의 책에 사인을 넣어

누군가에게 주는 날이 온다면, 나는 어떤 말을 전할까. 그 어떤 마음이든, 글로 꺼내어 놓는 일은 참으로 어렵다. 저자 친필 사인이라는 이름으로, 내 이름에 내 마음을 얹는 일은 더더욱 그러할 것 같다.

멋진 펜은 멋진 사람이 되고 싶게 한다

곱게 싸인 포장지를 열었을 때 그 안에서 나온 것은 펜 세트였다. 내가 좋아하는, 나무 질감의 약간 무게감이 있는 두꺼운 펜이었다. 손에 쥐었을 때의 그립감이 맘에 들고, 필기감도 훌륭했다. 한동안 무아지경으로

이면지 몇 장에 신나게 낙서했다. 얼마 전 공모에 당선된 경기 히든 작가에게 보내는 선물이었다.

며칠 전 들렀던 서점에 가니 경기 히든 작가 수상작품집이 몇 권 와있었다. 서점 지기는 내게 사인을 해달라고 했는데 순간 당황했다. 내가 개인적으로 출간한 책도 아니고, 그저 수상 작품집일 뿐인데 민망하기도 했다.

내가 사인을 하는 것은 대략 몇 가지 경우뿐이다. 관공서 서류나 계약서에 도장 대신, 혹은 뭔가를 사고 카드 영수증에 서명하는 정도이다. 그러니 결국 나의 사인은 그간 주로 돈과 관계되어 쓰이는 일이 보통이었다. 난감해하는 나를 보고 서점 지기는 웃었다.

"이제 연습하셔야 해요."

그러고 보니 글을 쓰고, 내 책을 내고 싶고, 취미가 아닌 일로서의 작가가 되고 싶어 하지만, 내 책에 사인하는 순간을 꿈꾸어 본 적은 없었다. 내보이기 부끄러운 글씨체로 한 줄을 적고, 내 사인을 해서 드렸다. 언젠가 내 이름만이 적힌 나의 책에 사인을 해서 누군가에게 수줍게 건네는 날이 오려나.

내가 지금 쓰는 나의 사인을 만든 것은 중학교 3학년 겨울이었다. 그 시절엔 연합고사가 있었다. 대부분 붙는 시험이어서 떨어지는 걱정은 하지 않았으므로 시험이 끝남과 동시에 그저 해방이었다. 그 겨울 고입 연합고사가 끝나고 나면, 지금 고등학교 3학년이 수능 끝난 이후의 할 일없는 시간이 주어지는 것과 비슷하게 우리도 그랬다. 겨울방학이 오기 전 무료하고 길기만 한 수업 시간엔 대부분 잤다. 자습하라고 하면 쪽지로 필담을 나누며 킥킥 대기도 했다. 소설을 읽었고, 낙서를 하며 하루를 보냈다. 그때 연습장에 낙서하며 만들었던 것이 나의 사인이었다.

그렇게 만들어진 사인은 이 나이가 되도록 나의 사인으로 함께 한다. 은행, 관공서 혹은 부동산에서 나를 증명하고, 나의 동의를 박제로 남기는 것이 내 사인의 역할이었다. 언젠가 내 이름 석 자가 박힌 책의 첫 페이지에 남겨질 내 사인을 생각한다. 그때의 내 사인은 아마도 증명이거나 확인이 아닌, 나의 마음과 생각을 내보이는 부끄러움을 담은 사인이 되겠지.

　　새로 받은 펜을 물끄러미 본다. 다시 손에 쥐고 이면지에 쓱쓱, 낙서해보기도 한다.

　　참 이상한 일이다. 멋진 펜은, 멋진 사람이 되고 싶게 한다.

오늘도 게임세상은 평화롭습니다

청첩장을 받았다. 게임 친구에게서 온 언약식의 초
대장이었다. 게임상에서 언약식을 한다는 이야기는 들
었지만, 청첩장을 받은 것은 처음이라 신기했다.

'웨딩 마치를 울리며 행진도 하는 건가. 설마 폐백도

하는 거야? 결혼식 복장도 갖춰 입겠지? 축의금을 준비해야 하나.'

듣기만 했지 직접 본 적은 없으니 상상만으로도 벌써 흥미로웠다. 청첩장과 함께 드레스코드는 흰색으로 맞춰달라는 편지도 날아왔다.

"뭐야, 이거 제대로인데."

내가 시집가는 것도 아니고, 딸을 시집보내는 것도 아닌데 서서히 신이 나기 시작했다.

어려서부터 게임을 좋아했지만, 좋아한다는 것이 꼭 잘한다는 것은 아니었다. 이제 기억하는 이도 별로 없는 '피크맨'이라는 게임기를 동생이 가지고 있었다. 그 간단한 게임을 하면서도 자꾸 죽었다.

가끔 가던 오락실에서의 게임은 비행, 전투 등 다양했다. 슈퍼마리오 같은 뛰어다니고 점프하는 게임은 유난히 하지 못했다. 그러다 보니 결국 테트리스만 했을 뿐이다. 남편과 연애하던 시절, 주로 테트리스로 밥값 내기를 했는데 늘 실력이 없어 지는 쪽이었으므로 밥값은 내가 더 많이 냈다.

딸이 어렸을 때 한동안은 '크레이지아케이드'를 함께 열심히 했다. 둘이 앉아 한동안 몰두했다. 결국 업그레이드 버전의 피크맨이었으나 다양한 맵이 있었으므로 재미있었다.

그 이후 가장 오래 했던 것은 '야채부락리'라는 게임이었다. 내 적성에 맞았다. 바쁠 것 없이, 하다가 끄지 않은 채로 내버려 둘 수도 있는 게임이었다. 다들 어이없어했다. 그게 왜 재미있는 거냐고 했다. "쓰레기 모아다 팔고, 폐가전제품을 부순다고?" 하면서 웃었다.

핸드폰 게임이 다양하게 나왔다. 속도 빠른 캐릭터에 적응을 못 했으므로 농장을 일구고, 작물을 키우는 '에브리타운'류의 게임을 좋아했다. 다들 인사처럼 말했다.

"세상에, 그 게임을 아직도 하고 있어?"

한동안 가르치던 학원의 아이들은 쉬는 시간이면 '배그'에 빠졌다. 다들 그 배틀그라운드 게임을 하느라 쉬는 시간이 조용할 정도였다. 곁눈질하다가 나도 그

배그의 세계에 빠져들었다. 와글와글 모여서 비행기를 타고 가다 적당한 곳에 내려 전투를 시작하는 그 심장 쫄깃함이라니! 하지만 배그는 오래 하지 못했다. 아이들이 왜 이제 하지 않느냐 물었다.

"음…. 옷을 주워입을 때까지 벗고 뛰는 것에 적응이 되질 않아. 부끄럽다고."

그렇다. 배틀그라운드라는 게임은 기본차림으로 적진에 떨어져 옷이며 무기 등 전투 장비를 하나씩 획득해서 이어가야 하는 것이었다. 왜 굳이 속옷 차림으로 적진에 침투해야 하는가, 부끄러워하다가 짧은 배그인생은 끝났다.

작년부터 온라인 PC 게임의 세계에 빠졌다. 딸이 오래 했던 게임이었다. 가입을 도와주고, 게임 친구들을 소개해주었다. 학생, 직장인, 웹소설 작가 등 하는 일도 다양한 그들은 유쾌했다. 딸이 출근한 오후에 나 혼자 접속하면 그 친구들이 먼저 찾아와 주었다. 길 안내를 해주었고, 단축키를 사용하는 방법이며 게임 요령을 가르쳐주었다. 그 친구들을 따라다니며, 캐릭터를 꾸미는 방법도 익혔다. 접속할 때마다 "어머님, 안녕하세요!" 하며 먼저 인사해주고 반가워해 준 그들은, 게임을 하는 내가 신기한듯했다.

나 역시도 이런 관계가 신기하긴 마찬가지였다. 나는 그들의 본래 얼굴이며 나이를 모른다. 하는 일 역시 정확히 아는 것은 아니다. 그들은 그저 '해요님!' '시더님!' '암브로시아님!'일 뿐이었다. 가끔 내가 있는 지역으로 찾아와 반갑다며 춤을 추고 가는 친구도 있었고, "오다 주웠어요, 어머님!" 하며 꽃 아이템을 쓰윽, 선물하고 가기도 했다. 어느 날은 각자 출퇴근하느라 서로 얼굴 마주칠 시간이 적은 가족보다 오래 보기도 해서 한참 웃었던 적도 있다.

나는 눈이 쌓인 지역에선 겨울 롱부츠를 갈아신었고, 바닷가 휴양지 맵에선 비키니를 입고 돌아다녀 보기도 했다. 현실에선 두꺼운 종아리에 끼워넣기 힘든 롱부츠에, 들어간 곳 없이 죄다 나오기만 한 내 몸매론 어림없는 비키니를 말이다.

일생동안 일한 나는 공인중개사, 수학학원 원장이라는 단 두 가지 직업을 가져보았다. 그리고 작가라는 또 다른 직업을 오래 꿈꾸고 있을 뿐이다. 하지만 게임에서의 나는 궁술사가 되었다가, 어느 날은 광부이기도 했고, 또 다른 날은 어부이기도 했다. 내 인생에서 불가능한 마법사 노릇도 해보았다.

언약식에 초대받은 이들이 식장 앞에 모였다. 게임상의 하객이지만 꽤 많아서 놀랐다. 시간이 되면 청첩장을 확인받고 언약식이 열리는 성당 안으로 들어간다. 처음 들어가 본 언약식장이다. 다들 흰색으로 드레스 코드를 맞춰 입고 와글와글 떠들고 있었다. 채팅창이 빼곡했다. 게임상이지만 유쾌하기 그지없다.

대기실을 거쳐 본식이 열리는 식장 안에 들어가 다들 하객석에 자리를 잡고 앉았다. 모니터를 보다가 혼자 웃음이 터졌다.

'뭐지, 이 흥미진진한 현실감은…?'

주례사도 있고, 예물 교환도 하고, 그렇게 축하와 박수를 받는다. 기념사진도 찍고 다들 왁자지껄하게 웃으며 샴페인을 터뜨리고 뛰어다녔다. 하늘에서 꽃가루가 날리며 유쾌한 이벤트가 끝났다. 한 시간 가까이 이어진 언약식 한편이었다. 다들 덕담을 날리며 마무리했다.

"백년해로하세요."

"오래오래 행복하게 살아."

오늘도 게임세상은 이렇게 평화롭다.

런던의 피아노

아직 동이 트지 않은 검푸른 빛의 시골 마을 골목길에서 유키 구라모토가 연주하고 있었다. 좋아하지만 잘 알지는 못하는 피아노의 소리를 들었다. 그리고 푸른빛으로 함께 올라오는 소리를 보았다. 소리의 풍경이었다.

흰머리, 굽은 어깨 그리고 주름진 손으로 피아니스트는 새벽 공기 속에서 연주하고 있다. 그가 연주하는 동안 골목 끝 먼 하늘이 조금씩 붉어진다. 불 꺼진 가게에 불이 켜지기도 한다. 그리고, 연주하는 그의 등에 좀 더 환한 빛이 얹힌다. 연주를 끝마친 그는 일어나 떠오르는 해를 향해 기지개 켜듯 손을 번쩍 치켜든다.

그렇게 유키 구라모토의 DAWN 연주 영상이 끝났다.

2020년 코로나19가 우한 폐렴으로 불리던 시기였다. 설마 이렇게까지 전 세계적인 팬데믹이 될 거라고는 상상도 못 했던 초창기였으므로 이미 여러 달 전 계획한 런던 여행을 떠났다. 꿈꾸어 오던 히스로 공항에 내렸다. 런던 여행의 시작이었다.

호텔은 세인트 판크라스 역 앞에 있었기에 여행 기간 내내 매일 드나들었다. 큰 역 몇 개가 모여있어 복잡하고, 사람이 많이 다니는 곳이었다. 넓고 환한 아케이드도 옆에 있었는데 간식을 사거나, 소소한 물건을 구경하느라 호텔로 들어오는 길에 늘 기웃기웃했다.

피아노 소리가 들려왔다. 스피커에서 나오는 소리가 아니었다. 피아노 소리를 따라갔을 때, 아케이드의 넓은 통로 한가운데에 피아노가 놓여있었고, 허름한 차림의 할아버지가 연주하고 있었다. 몇몇은 서서 그 연주를 들었고, 대부분은 지나가며 흘깃 보거나 별 관심이 없었다.

후줄근한 후드티에 남루한 청바지를 입고 할아버지는 진지하게 연주를 이어갔다. 그의 연주가 끝나고 나자 아무 일도 없었다는 듯, 사람들은 다시 갈 길을 갔다. 그 역시 악보를 접어 낡은 백팩에 넣고는 무심하게 일어나 어디론가 사라졌다.

런던 여행을 마치고 돌아오는 전날 저녁이었다. 다시 그 아케이드에 들렀다. 여전히 사람들이 분주하게 지나다녔다. 마켓에서 간식거리를 사고 나오는 길에 피아노 앞으로 다가가는 그 할아버지를 다시 보았다. 여전히 남루한 청바지에 후줄근한 후드티를 입고 낡은 백팩을 들고 있었다. 악보를 꺼내어 피아노 위에 올려놓고 의자를 당겨 앉더니 연주를 시작했다.

몇의 사람들 사이에 섞여 나도 그의 연주를 들었다. 그리고 그의 연주가 끝나기 전, 나는 자리를 떠나 긴 아케이드를 조용히 걸어 나왔다. 어쩐지 그가 연주를 끝내고, 악보를 백팩에 넣고, 일어서서 돌아가는 장면은 남겨두고 싶었다. 피아노 소리가 점점 멀어졌다. 멀어졌지만 그는, 계속 연주하고 있었다. 내 런던 여행이 끝났지만, 여전히 계속되었으면 하고 바라듯이 말이다.

런던에서 돌아온 지 두 해가 다 되어온다. 런던에서 돌아오자 우한 폐렴은 코로나19라는 이름을 달았고, 전 세계로 무섭게 퍼져나갔다. 인생에서 이런 두 해를 보내기도 하는구나 싶을 만큼 상상 못 했던 시간이 이어지고 있다.

내가 다녔던 많은 다른 나라의 도시들을 생각할 때면 먼저 떠오르는 이미지들이 있다. 가령 로마에선 호텔 앞 성당의 새벽 종소리였다. 베이징에선 이름 모를 뒷골목의 버드나무였고 말이다.

나는 가끔 런던을 생각할 때면 늘 그 세인트 판크

라스역의 피아노 치던 남루한 할아버지가 먼저 떠오른다. 그의 연주는 전문 연주자의 것은 아니었다. 가끔 음을 틀리기도 했다. 하지만 나의 런던 이미지는 버킹엄 궁전도, 해리포터도 아닌, 그의 피아노 소리로 남았다.

유키 구라모토의 DAWN 연주 영상을 다시 보았다. 나이를 많이 먹도록 무언가를 오래 해온 사람의 뒷모습이 있었다. 런던 지하철역에서 피아노를 치던 남루한 할아버지도 생각했다. 무언가를 진지하게 좋아하는 사람의 뒷모습이었다.

비슷한 나이대의 둘은 인종도 같지 않을 뿐 아니라 한 명은 세계적인 연주자이고, 또 한 명은 누가 들어도 아마추어임이 분명했다. 하지만 그들의 모습은 어쩐지 닮아 있었다.

오래도록 무언가를 좋아하는 것, 오랫동안 한 가지를 꾸준히 한다는 것, 그리고 오랜 후에도 여전히 가슴을 뛰게 하는 것이 있다는 것에 대해 생각한다.

오늘도 여전히 런던의 그 지하철 아케이드에선, 그

가 서투르지만 진지한 연주를 했으면 좋겠다.

좋은 인생을 사는 법

"행복한 날이 많으셔야 멀리 떠나신 분들이 편안해 하실 거예요."

우연히 블로그를 보다가 몇 해 전 부모님 결혼기념일에 갔던 식당을 발견했다. 그 건물 앞에서 사진을 찍어드렸던 부모님은 이제 모두 떠나고 안 계신다. 하지만 건물 사진을 보니 반갑고 그리운 마음이 앞서 짧은 인사를 보냈다. 그랬더니 일면식이 없는 그분이 보내주신 답장이었다.

그 음식점을 운영하시던 주인 할머니는 이제 유명한 요리 블로거가 되셨다. 할머니에겐 그저 지나치는 인사였을지도 모르겠다. 하지만 부모님이 돌아가시고 힘들었던 그즈음에 가장 위로가 된 것은 그분의 짧은 인사 한 줄이었다.

부모님은 함께 일 년 넘게 아프셨다. 매일 아침 눈 뜨면 부모님 댁으로 갔다. 간병인과 가사도우미가 오기 전에 환자의 흔적을 대충이라도 치워두어야 했다. 그들이 당장 내일부터 오지 못하겠다고 할까 봐 겁이 났다.

우리는 일가친척이 거의 없었다. 부모님은 삼 형제를 낳았지만, 남동생은 일찍 하늘나라로 떠나 부모님 가슴에 한으로 남았다. 언니는 멀리 지구 반대편에서 애태우고 있었다. 나는 남편과 아이가 있지만, 내 부모 형제인 '우리 가족'과는 또 다른 '내 가족'이다. 그러므로 부모님에게 가장 가까이 있는 가족은 나 하나인 셈이었다.

부모님이 병원에서 인생의 마지막 몇 달을 보내는 동안, 나는 여전히 매일 아침 병원으로 갔다. 억지로 몇 숟갈이라도 환자식을 먹였고, 오후에는 출근했다. 퇴근하는 길엔 늦은 밤거리에서도 문득 환자들로 가득한 병원 특유의 냄새가 맡아져서 몸이 떨렸다.

부모님은 이십여 일을 사이에 두고 영영 세상과 이별하셨다. 한 달에 두 번의 장례를 치렀다. 이십일 전 아빠의 영정을 들고 만난 장례식장 직원이 나를 보자 잠시 말을 잇지 못했다. TV에나 나오는 일인 줄 알았지만 나에게 벌어진 일이었다. 부모님이 모두 떠나시고, 사시던 집을 정리하고, 언니마저 지구 반대편으로 돌아갔다. 그제야 뒤늦게 모든 것이 한꺼번에 몰려왔다.

설마 다 못했겠나. 잘한 건 하나 없지만 적어도 중간은 했겠지. 그랬던 마음이 뒤늦게서야 정신을 차렸다. 생각해보니 다 못했고, 다 후회되는 일 투성이였다. '다시 그때로 돌아간다면….' 이라는 생각을 종종 했다. 그렇다고 해도 선택지가 다를 수는 없었을 거라고 생각했다. 하지만 정말 그랬을까.

부모님이 돌아가신 봄이 있던 그해 가을에, 나는 수술을 했다. 담석증이라고 했다. 응급실을 거쳐 며칠 입원을 하는 동안 식구들이 매일 드나들었다. 나처럼 딸아이도 오전에 들렀다가 오후엔 출근했다. 남편은 저녁 퇴근길에 나를 보고 갔다. 그들은 매일 와서 별스럽지 않은 이야기를 하고, 괜히 웃다가 돌아갔다. 그리고 나면, 병실은 침묵이었다. 무거운 공기, 얕게 맡아지는 소독약 냄새들, 그리고 커튼으로 닫힌 옆 침상의 환자와 그 남편이 얼마 안 남은 생을 이야기하며 소리죽여 우는 것을 들었다.

나는 부모님을 생각했다. 내가 떠나고 난 이후에 부모님께 찾아왔을 침묵과 가라앉은 공기를 미처 생각하지 못했다. 내가 부모였고, 부모님이 내 자식이었다면 그렇게 혼자 두었을 리가 없다. 그게 부모니까 말이다. 후회한다고 말할 수 없을 만큼 후회했지만, 모든 후회는 아무리 빨라도 늦는 법이다.

부모님이 떠나시고 4년이 지나고, 나는 하던 일을 그만두었다. 일생 돈이 벌리는 일을 했으니, 이제 돈이 벌리지 않더라도 내가 하고 싶었던 일들로 시간을 채우며 살고 싶다는 것이 이유였다. 지금은 그만둘 수 있었던 일을 그때는 그만둘 수 있다고 생각하지 못했다.

나는 매일 오전에는 부모님 댁이나, 병원으로 갔고 오후에는 출근을 했다. 밤늦게 돌아왔고, 다시 아침 일찍 일어나 환자에게 갔다. 세상에 힘든 것은 나 하나뿐인 듯 살았지만, 지금 생각해보면 그것은 욕심이고 핑계였는지도 모를 일이다. 나를 위해서는 선뜻 내던질 수도 있던 일이, 내 부모를 위해서는 왜 핑계가 되었을까.

"행복한 날이 많으셔야 멀리 떠나신 분들이 편안해하실 거예요."

지금도 가끔 이 말을 떠올린다. 그럴 때마다 누군가 옆에서, "괜찮다, 다 괜찮다." 하며 등을 두드려주는 느낌이다. 편해질 이유를 찾는 이기심일지도 모른다. 하지만 그분이 해주신 한마디는 아직도 내 마음에 가늠할 수 없는 위로의 크기로 따뜻하다.

어느 시인은 자기의 한마디가 듣는이에겐 유언으로 남을지도 모른다는 생각을 늘 한다고 했다. 그래서 되도록 좋은 말을 하려고 한다는 것이다. 나는 이제 그 말을 이해한다. 그저 나에겐 지나치는 한마디였더라도 듣는이에겐 일생을 간직할 한마디가 되기도 하니 말이다. 물론 살면서 좋은 말만 하면서 살 수는 없다. 하지만 좋은 말을 하려고 노력하는 나날들이 쌓이면, 나 역시도 정말 좋은 사람으로, 좋은 인생을 살수도 있을 것만 같은 생각이 드는 것이다.

꽃을 보는 마음

해마다 새해가 되면 거창한 목표를 세우곤 했다. 어느 대학을 가야지, 어디 취직해야지, 혹은 집을 늘리고, 일을 좀 더 키워야지 하는 새해의 목표들이 쌓여가며 나이를 먹었다. 그러나 이제는 더 이상 새해의 계획 같은 것은 세우지 않는다. 성실하고 모나지 않은 하루하루가 모여 일 년이 될 테니, 굳이 거창한 새해 목표 같은 것을 세우지 않아도, 한 걸음 한 걸음 꾸준히 걷는 매일의 소중함도 아는 내가 되었다고나 할까.

작년이었다. 그해 첫날을 맞이하며 문득 생각한 것은 올 한 해 동안 매일 집안에 꽃을 들여놔야겠다는 것이었다. 그래서 누군가 내게 한 해의 계획을 물으면 "일 년 내내 집안에 꽃을 두는 거예요."라고 말했다. 지키기 힘든 거창한 목표는 아니어서였을까. 작년 이후 지금까지도 우리 집엔 매일 꽃이 떨어진 적이 없다.

그 덕에 장미, 백합, 카네이션같이 흔하게 알았던 꽃들 말고도 참 많은 꽃의 이름을 알게 되었다. 참 알스트로메리, 리시안셔스, 델피늄 같은 생전 처음 듣는 이름의 꽃들이 매번 찾아와 며칠씩 우리 집 테이블 위에 머물렀다.

다양한 꽃들의 이름만큼 저마다의 특성도 참 다양했다. 장미는 가장 대표적인 꽃이지만 시들 때 볼품없기로도 으뜸이었다. 모든 꽃이 시들며 보기 좋을 리는 없지만, 유난히 장미는 지저분하고 볼품없이 시들었다. 백합은 그 향기가 엄청났다. 아침에 일어나 거실로 나오면 백합 향기가 진동했다. 꽃향기로는 뒤지지 않는 프리지어에 비할 바가 아니었다. 그러나 꽃가루가 떨어져 잘 지워지지 않았으므로 꽃망울이 활짝 열리면 매번 꽃술을 잘라주어야 했다. 국화류는 오래가긴 했지만 드라이플라워가 되듯 꽃병에서도 꽃이 말라갔다.

장미도 하나의 장미가 아니었다. 아이라이너 장미, 맨스필드 장미 등 장미의 종류만 해도 끝이 없었다. 소국, 튤립, 카네이션류도 마찬가지였다. 그저 장미, 국화, 카네이션으로만 생각해온 나에게 그 다양한 이름만큼이나 꽃들의 다양한 모습은 늘 신기하고 새로웠다.

꽃은 아름답지만 그 모습이 그리 오래가지는 않는다. 여름이면 사나흘, 겨울에도 일주일을 넘겨 보는 것은 힘들다. 풍성하게 꽂혀 있던 꽃들은 하루 이틀 지나며 시든 것들을 하나둘 빼내고 조금씩 부피가 줄어든다. 말라가는 겉잎들을 떼고, 정리해 준다. 수명 연장제도 써보지만 말 그대로 연장제일 뿐이므로 그것이 죽어가는 꽃을 살려내는 것은 아니다. 매일 아침 꽃병의 물을 갈아주고, 무른 줄기 끝을 조금씩 잘라줘 가며 마지막 한 송이가 시들 때까지 그렇게 꽃을 매일 바라보는 것이다.

테이블에 꽃병 가득 꽃을 꽂아 두고 불멍, 물멍을 하듯 꽃멍을 한다. 예쁜 것을 보며 얼굴에는 미소도 번지고, 누군가 어깨에 가만히 손을 얹어주는 듯 잠시 평화로워지기도 하는 순간이다. 일 년도 훨씬 넘는 날들 동안 매일매일이 이렇게 꽃을 보는 순간처럼 좋기만 했을 리는 없다. 하지만 더러 우울하고 맘이 무거운 날들도 때때로 턱을 괴고 잠깐 꽃을 보는 이런 순간이 있었기에 파도를 넘듯 잠기지 않고 지내왔는지도 모르겠다.

이번 주의 꽃은 노란 프리지어 한 다발이다. 며칠간 거실에 진한 꽃향기를 뿌리며 볼 때마다 설레는 자태를 보여주고 있다. 화사하고 아름답게 절정을 열고 나서는 서서히 저물며 사그라드는 꽃들의 생애가 또 한 번 눈 앞에 펼쳐지는 것이다. 몽우리를 열고 꽃을 피우며, 그렇게 절정을 보내고 조용히 시들어가는 꽃들의 생애 말이다.

활짝 피어난 절정의 아름다움을 보여준 꽃들이 시들고 저물어가는 것이 삶의 모습이라면, 마지막 남은 한 송이로 남을 때까지 처음과 같은 마음으로 꽃을 보는 눈길, 꽃을 대하는 마음 역시 삶의 모습이었으면 싶다. 활짝 핀 절정의 아름다움을 뽐내는 인생도, 조용히 시들어가는 인생도 누구에게나 소중한 시간일 테니 말이다.

그
겨
울
의 낚
시
터

한겨울이면 낚시꾼들은 저수지에 모였다. 플라이
낚시는 주로 계곡에서 하는데 얼음이 덮이는 한겨울엔
'관리형 저수지'라 부르는 낚시터에 풀어놓은 송어를
낚는 것이다. 내가 처음 플라이낚시를 시작한 곳도 그
처럼 송어를 풀어놓은 낚시터에서였다.

인터넷에서 스치듯 사진 한 장을 보고는 검색으로 알아낸 것이 '플라이낚시'였다. 플라이낚시라고 하면 그 유명한 '흐르는 강물처럼'이라는 영화가 먼저 떠오른다. 사진 속의 낚시꾼은 우리나라 사람이었는데 계곡에서 낚싯대를 휘두르고 있었다. 당연히 그가 누구인지 그때나 지금이나 알지 못한다. 다만, 영화의 유명한 포스터 덕에 기시감이 있었던 것 아닐까.

그 사진에 꽂혀 플라이낚시 가게를 검색했을 때 제일 먼저 알게 된 곳의 사장님은 경력이 오랜 낚시꾼이기도 했다. 플라이낚시를 하는 사람들은 대부분 그를 알았다. 낚싯대와 용품들을 구입하고, 다음은 기본적인 것들을 배워야 했다. '캐스팅'이라고 하는 낚싯줄을 던지는 동작이며, 상황에 맞게 미끼와 라인을 조절하는 방법 같은 것들 말이다. 그러나 주말마다 계획에 없던 일이 자꾸 생기던 나는 사장님과의 동행 출조를 하며 배울 시간을 맞추지 못했다. 결국 그분이 알려주는 대로 평일 오전의 저수지 낚시터를 찾아갔다.

'가면 그가 다 알려줄 것이다'라고 해서 믿었던 낚시터 사장은 없었다. 전날 술을 너무 많이 마시고는 그만 집에서 뻗어있다고 했다. 낚시 가게 앞마당에서 몇 번 낚싯대를 흔들어본 것이 전부였던 나는 당황했다. 가뜩이나 평일 겨울의 저수지 낚시터에 웬 여자 하나가 낚싯대를 들고 혼자 나타난 것부터가 신기한 구경거리였다. 나의 사정을 들은 몇몇 낚시꾼들이 하나씩 도움을 주었다.

"저쪽으로 던져보세요" 했지만, 미끼는 이쪽으로 날아갔다.

"미끼는 이걸 달아보세요." 하면, 받아 든 미끼를 새로 다는 데만도 한참 걸렸으므로, 그들은 곧 말을 바꿨다.

"아니 낚싯대 줘보세요, 제가 달아드릴게요."

"캐스팅할 때는요, 이렇게…." 열심히 시범을 보여주었지만 몸으로 하는 건 대부분 못하는 사람답게 날아가다 꼬이고, 멀리는커녕 발 앞 3m를 넘기기도 힘들었다. 총체적 난국의 낚시였다.

그해 겨울, 그렇게 저수지 낚시터에서 종종 도움을 받았다. 평일 오전에 시간이 나서 낚시터에 오는 사람들은 얼추 비슷했다. 그랬으므로 그들은 내가 나타나면 먼저 다가와 아는척해 주었고, 도움을 주었다.

"오늘은 수심을 좀 더 길게 주어 보세요."라고 하면 그 말대로 좀 더 깊이 미끼를 가라앉히기도 했다.

가끔은 저수지 테두리 그물에 붙어 다니는 녀석들을 쉽게 낚을 수 있는 '구멍치기'의 꼼수를 가르쳐주는 사람도 있었다. "이건 못 잡을 때 한 번씩만 해보시는 거예요. 습관 되면 절대 캐스팅이 늘지 않아요." 했다.

플라이낚시에선 쓰지 않지만 잡는 날보다 못 잡는 날이 많은 내가 안쓰러운지 스윽, 빨간 지렁이처럼 생긴 미끼를 건네는 사람도 있었다. "이건 플라이낚시에선 좀 편법이니까 조용~히 쓰셔야 해요." 하며 범죄 공모하는 사람처럼 웃고 지나갔다.

어쩌다 송어 하나를 낚으면 흥분해서 뜰채에 담지를 못했다. 허둥대고 혼자 난리를 떨고 있으면 또 누군가 다가와 대신 뜰채에 담아 건네며 말했다.

"사진 안 찍으세요?"

그렇게 해서 나는 거의 꽝 쳤고, 가끔 잡으며 그 겨울 저수지 낚시를 시작으로 플라이 낚시꾼이 되었다. 생면부지의 낚시꾼들은 모두 나의 스승이었고, 선배였던 덕에 그 이후 계곡도, 강도 다니며 낚시를 계속할 수 있었다.

그때 도움을 주었던 여러 낚시꾼 중에선 여전히 즐거운 조우로 남은 사람들도 있다. 그들에게 나는, 예나 지금이나 별반 잡는 건 없으면서 낚시가는 길엔 늘 "다 죽었어!" 외치는 허당 낚시꾼의 이미지일 것이다. 하지만 내가 기억하지 못하는 낚시꾼들 역시 많을 테니, 그들은 아마도 어디에선가 웃으며 말할지도 모르겠다. 어느 해 겨울에 웬 여자 하나가 낚싯대를 둘러매고 와서 버벅대길래 조금씩 가르쳐 줬었지, 라고 말이다.

이제는 저수지 낚시를 가지 않은 지 여러 해가 되었다. 계곡의 자유로움에 빠지고 나니 이제 저수지의 일렬로 선 낚시꾼들 사이에서 낚시하는 뻘쭘함은 견디기 어렵게 된 것이다. 하지만 아직도 겨울이면 가끔 그 겨울의 낚시터를 종종 생각한다.

그 겨울 추위 속에 낚싯대 끝엔 얼음이 달리곤 했다. 그래도 참 열심이었고 신이 났던 시절이었다. 지금이야 여자들도 더러 하는 플라이낚시지만 그 시절엔 온통 남자들 뿐이었다. 그래도 그사이에 서서, 발 앞 3m에 미끼를 던지는 그 뻘쭘함도 괜찮았다.

지금도 나는 그리 실력 있는 낚시꾼은 아니다. 발 앞 3m는 아니지만, 그렇다고 브래드 피트처럼 멋있게 낚싯대를 휘두르지도 못한다.

낚시하며 나이를 먹은 나는 이제, 너무 덥고 너무 추운 날은 낚시하지 않는다. 날씨 따위는 알아보지도 않고 그저 강원도로 날아가던 시절도 있었는데 말이다. 이제 온도, 풍속까지 체크하고도 최종적으로 귀찮음이라는 복병까지 물리쳐야 길을 나선다.

하지만 아직도 나는 가끔씩 그 겨울의 저수지 낚시터를 떠올린다. 어쩐지 그곳 저수지에 한 번쯤 가보고 싶어진다. 생면부지의 유쾌하고 따뜻하며, 적당히 오지랖 넘치는 낚시꾼들은 여전히 낚싯대 끝에 달린 얼음을 털어내며 낚시를 하고 있을 것이다.

곰탱이, 그는 나의 두 번째

그의 이름은 곰탱이다. 처음 만났던 열두 해 전 부모님께 인사시켰을 때 엄마의 첫마디는 이랬다.

"뭐 이렇게 곰탱이같이 생겼냐?"

그래서 그날부터 그의 이름은 '곰탱이'가 되었다. 나와 함께 어딘가를 가고, 같이 돌아왔다. 우리가 함께일 때, 생사를 함께한 운명공동체이며 목숨 공동체이기도 했다. 그렇다. 그는 나의 자동차이다.

가족의 차가 아닌, 오롯이 나의 차로는 곰탱이가 두 번째였다. 하지만 첫 번째와 달리 꽤 오랜 기간 함께한 이 녀석은 이제 그저 자동차라기보다는 동지의식이 생긴 유기체라고 해야 어울릴 듯하다.

우리는 함께 일 년에 4만 킬로를 넘게 달렸던 해도 있었다. 열두 해를 곰탱이와 안 다녀본 곳이 없이 달렸다. 북한 땅이 건너다 보이는 최전방 고성의 통일전망대부터, 배를 타고 바다 건너 제주도까지 함께 했다. 어느 날은 비포장 임도를 달려 고갯길을 넘었고, 또 어느 날은 고속도로를 시속 160킬로로 달리며 심장 쫄깃한 경험도 함께 했다. 슬쩍 교통법규위반의 비밀도 공유한 사이가 되었다.

나는 물건을 특별히 아끼지 않는다. 조심성 없이 험하게 물건을 쓰는 핑계는, 아무리 비싼 물건도 사람 위에 있을 수 없다는 말로 대신했다. 내가 가진 것들 중에는 싼 것도 비싼 것도 있으나 내 손에서는 크게 달리

다뤄지지 않는다. 비싼 것을 사놓고 아까워 쓰지 못할 것이라면 아예 사지 않는 것이 맞다고 생각했다. 쓰라고 있는 것이 물건이니 말이다.

하지만 곰탱이는 다르다. 차도 물건이라면 물건이긴 하지만, 이 녀석과는 목숨을 함께 하는 동지의식이 생겼다. 그럼에도 불구하고 특별히 가꿔주지는 않아서 세차는 남들이 슬슬 피해 다니면 그제야 할 때가 되었구나, 한다. 대신 늘 곰탱이의 핸들도 , 궁둥이도 톡톡 두드려주며 마음을 주었다. 온갖 나의 비밀을 떠들었다. 그는, 영원히 나의 비밀을 지켜줄 입 무거운 친구였다.

내가 봄가을이면 자주 찾는 계곡의 입구엔 크고 멋진 나무가 있다. 오랜 세월을 살아냈을 그 멋지고도 거대한 나무는 축대를 뚫고 휘어진 채로 꿋꿋이 서 있다. 그 나무가 무슨 나무인지 나는 아직도 모른다. 하지만 '늠름한 나무'라고 이름 붙인 그 나무를 만나는 계곡 입구에서 늘 인사했다.

"안녕, 늠름한 나무님! 우리 또 왔어요."

　돌아오는 길엔 정해진 습관처럼 거대한 나무 아래 곰탱이의 인증샷을 찍어주었다. 막상 십 년 넘게 다닌 그 계곡에서의 내 모습을 찍은 사진은 하나도 없지만, 곰탱이는 계절마다 달라지는 옷을 입은 늠름한 나무 아래에서 늘 당당하게 함께 했다. 그도, 나도 그 거대한 나무만큼 오래 살아낼 수는 없을 것이다. 그러나 항상 생각했다.

　'내년 이 계절에도…. 함께 했으면.'

　가까이 사셨던 부모님은 항상 곰탱이에 탔다. 아무리 편해도 사위보다는 그래도 내 딸이 운전하는 차를 타고 가야 맘이 편하다고 하는 부모님은 역시 딸 가진 부모였을까. 맛있는 것을 함께 먹으러 다녔고, 아픈 부모님을 병원에 모시고 다녔다. 살아생전 두 분이 마지막 탔던 이 세상의 탈것이 바로 곰탱이이기도 했다. 그러니 부모님의 영정을 들고 돌아오는 길, 그도 이별을 알았을 것이다. 차에도 영혼이 있다면, 나의 곰탱이도 슬퍼했을 것이라 믿는다.

　지난해봄, 새 차를 예약했었다. 석 달이나 기다려 막상 차례가 다가오자 선뜻 차를 바꿀 엄두를 못 냈다. 물건에 집착하지 않고, 일 년 이상 쓰지 않는 물건은 바로 정리해 버릇하던 나인데 말이다. 한참을 망설이며 주차장에서 물끄러미 곰탱이를 바라봤다. 그리고는 영업사원에게 취소 전화를 하고 돌아와 가족들에게 말했다. "아직 탈없이 잘 구르는데, 좀 더 타야겠어!"

　어떤 것이 마음에 오래 머무르면, 그 시간의 무게만큼 무거워진다. 부피 역시 솜사탕처럼 커져 버리고 말아서 그만 쉽사리 꺼내기 어려워지는 것이다. 물론 자동차라는 물건이 영원히 함께 할 수는 없다. 해마다 에어컨 성능이 딸리고, 고갯길을 넘을 때 전보다 헉헉대는 것이 느껴진다. 나처럼 너도, 나이를 먹는구나… 싶은 순간이 늘어간다.

　겨울의 찬바람이 분다. 봄이 오면, 올해도 계곡 입

구의 늠름한 나무 아래 곰탱이의 사진을 찍어줄 수 있을까. 그 어떤 새로운 계절과 낯선 풍경도, 가슴 뛰는 시간도, 더는 함께 할 수 없는 날이 오겠지만, 그때가 언제이든 지금 우리가 함께라는 것이 무엇보다 소중하다.

그때의 나는

'열두 해 뒤의 내 모습은 어떠할까.'

그녀를 만나고 돌아오는 길에 했던 생각이다. 팬데믹은 우리 삶의 많은 모습과 형태를 바꾸어 놓았는데, 그중 하나는 아마도 전 국민이 줌 전문가라고 할 만큼 강의며, 회의며, 친교까지 그 줌이란 것이 일상 속에 파고든 것 아닐까 싶다.

줌으로 함께 여러 달 강의를 들었으나 컴퓨터 화면을 열고 나와 그녀를 실제로 만난 것은 처음이었다. 대학에서 한문 강의를 하셨기에 학위논문 외엔 별다른 글쓰기를 해보지 않으셨다고 했으나 그것은 겸손이었다. 독자의 입장에서 그녀의 글은 참 편안하게 읽혔다. 특히 소소하게 하루를 보내는 즐거움에 대한 부분이 인상 깊었다.

그 글의 배경이 되었던, 아지트 삼아 매일 들르는 카페로 초대하셨다. 줌으로만 만나던 분을 실제로 만나는 것은 흥미롭기도, 살짝 긴장되기도 하는 순간이었다. 이야기 끝에 우리가 띠동갑이라는 것을 알았다. 사람은 참 별것 아닌 것에 동질감과 연대를 느끼기도 한다. 이런저런 지나간 이야기들을 나누고, 밝게 웃으며 함께 차를 마셨다. 커피를 마시며 창밖을 내다보다가 말씀하셨다.

"이 자리에 앉아서 저 창밖에 해가 지는 걸 보면 너무 멋있어요. 다음엔 꼭 그 풍경을 함께 봐요."

연고라고는 하나 없는 수원으로 덜컥 이사 오게 된 것은 여러 해 전 암 투병과도 관계가 있는 모양이었다. 막상 암 선고를 받고 투병하면서도 그리 힘들게 지나오지 않았다고 하셨다. 그 과정을 쓴 글을 수업 중에 낭독하시며 울컥하시던 모습을 기억한다. 덤덤하게 받아들이고 지나왔기에 자신의 글을 읽으며 눈물이 나올 줄 몰라 그만 당황했었다고 했다. 말하지 않았지만, 나는 어쩐지 그 마음을 알 것도 같았다.

손으로 쓰고, 눈으로 본다. 그리고, 소리 내어 읽는다. 소리 내어 읽게 된다면 쓰고, 보는 것에 더해 목소리를 내고, 그 소리를 내가 다시 듣는 과정이 없어진다. 손으로 쓰고, 눈으로 읽으며 날아갈 감정이, 소리를 내어 읽으면 다시 내게로 들어와 버리는 듯한 경험을 나 역시도 해본 적이 있다. 날아가지 않고 다시 내게로 돌아와 그 마음을 들려주는 것만 같은 기분 말이다.

집에서 걸어가 만날 수 있는 이웃이기도 했다. 돌아가는 길의 반쯤은 배웅해주시겠다고 함께 걸어주셨는데, 동네 토박이도 모르던 멋진 길을 알고 계셨다. 인도 바로 옆으로 걸을 수 있는 숲길 같은 느낌의 산책로가 있었던 것이다. 차로 지나치며 그 가로수처럼 늘어선 나무들을 자주 보았는데 그 사이로 산책로가 있는 줄은 처음 알았다. 뿐만 아니었다. 근처의 맛집, 카페.. 나보다도 더 많이 알고 계셨다. 부군과 함께, 혹은 혼자서도 카페를 가고, 클래식을 좋아해서 음악회를 찾아다닌다고 했다.

헤어지며 우리는 인사를 나누었다. 나는 여러 해 알아 온 사람에게 하듯 횡단보도를 건너다 말고 뒤돌아서서 손을 흔들었다. 정말 오랜 친구 같은 기분이 들었다.

남은 반쯤의 길을 혼자 걸어 돌아오며 생각했다. 나의 열두 해 후의 모습은 어떤 모습이려나. 연주회를 다니고, 영화를 보고, 맛집이나 카페를 가는 것도 좋겠다. 하지만 그보다는 해가 지는 창밖을 보면서 '너무 아름답다'라고 느낄 수 있는 감성은 잃지 않는 사람이 되었으면 한다. 거기에 더해 '함께 봐요.'라고 한마디를 건 넬 수 있는 따뜻한 사람이었으면 싶기도 하다.

겨울 아침 산책길

'삼 주만 해볼까 챌린지'에 참가했다. 말 그대로 3주 간 3킬로 이상을 걷고, 30페이지 이상 읽은 책을 매일 인증하는 모임이다. 참가비를 낸다. 3주간 15일 이상 을 인증하면 책 한 권을 준다.

"돈까지 내가며 걷는다고?"

지구 반대편의 언니는 한국의 낯선 문화를 이해하지 못하겠다는 듯 웃었다. 그렇다. 돈까지 내가며 걷는 희한한 챌린지는 요사이 은근 주변에 많다. 만 보 걷기, 책 읽기, 공부하기, 심지어 쓰레기 줍기 챌린지도 하니 바야흐로 챌린지의 시대인지도 모를 일이다.

돈을 냈으니 걸어야지, 챌린지 달성하면 책을 준다니 해야지. 이런 마음이 없을 리는 없다. 그런데 이게 '챌린지'라는 이름이 붙게 되자 그런 것과 별개로 저절로 의욕이 붙기 시작했다.

작년 1월, 세탁기까지 얼려버리던 강추위 속에서 만 보 걷기를 시작했던 나였다. 태양이 머리 꼭대기에서 이글대는 한여름 잠깐을 빼고는 참 열심히 걸었다. 가장 걷기 좋은 봄가을도 있었다. 겨울이 다시 와도 나는 잘 걸을 수 있을 거라 생각했다. 시작이 그 추운 겨울이었는데도, 내리는 눈 속에서 잘 걸었던 나였으니 말이다.

그런데 이상하게도 겨울에 시작하는 것과 시작한 이후 다시 겨울을 맞는 느낌이 달랐다. 추워지자 꾀가

났고, '이불 밖은 위험해!'를 외치는 자신을 발견하게 된 것이다. 눈 속에서도 걷던 시작의 설렘이 사라지고, 처음의 의욕이 사라진 탓이었을까. 하지만 챌린지라는 이름이 붙자 다시 새로운 시작의 느낌이 들었다. 어쨌거나 양말을 신고, 두툼한 옷을 껴입고, 모자를 쓰고 집 밖을 나섰으니 말이다.

오전에 동네를 걷다 보니 어린이집을 가는 아이들이 올망졸망 엄마 손을 잡고 서 있었다. 똑같은 가방을 메고, 안쓰럽게도 작은 마스크를 하나씩 끼고 있었다. 그래도 아이들은 깔깔거리며 장난을 쳤고, 젊은 엄마들은 아이 손을 잡은 채 이야기를 나누며 웃었다. 펜데믹 속에서도, 겨울의 강추위 속에서도 이어지는 일상의 모습이었다.

오래전 딸아이가 아기였을 때 천안으로 이사해 잠시 살았다. 나는 부모님과 떨어져 살아 본 적이 없었다. 결혼을 해서도 친정 근처에 살았으므로 첫돌도 되지 않은 아이를 데리고 천안으로 이사해 살았던 시기

는 내가 유일하게 부모 곁을 멀리 떠나 살았던 시기이
기도 했다.

　부모님 곁을 떠난 빈자리는 이웃들이 채워주었다.
아이들이 어린 시절엔 아이들 친구가 부모들 친구로
이어진다는 말이 맞았다. 딸아이 또래의 아기 엄마들
을 만났고, 함께 아이를 키웠다. 그렇게 네 아이는 함께
자라고, 친구들 집을 제집처럼 드나들며 놀았다. 함께
놀았고, 간혹 싸웠고, 다 같이 세발자전거를 타고 아파
트 단지를 질주했다. 자라며 어린이집도 모두 함께 다
녔다.

　나는 오후에 과외수업을 했다. 내가 수업하고 있는
동안 이웃들이 데려가 자신들의 아이와 함께 자전거를
태우고, 모래놀이를 하며 돌보아 주었다. 그 시절 천안
에서의 한때는 이웃공동체이며, 육아공동체이기도 했
던 따뜻한 사람들과의 한 시절이었다.

　오늘 아침 만났던 젊은 아기 엄마들처럼 우리들도
아침이면 아이들 손을 잡고 셔틀버스를 기다리며 아파
트 입구에서 함께 웃었다. 버스에 타는 아이들에게 손

을 흔들고, 누군가의 집에서 함께 커피를 마시기도 했던 아침이 있던 시절이기도 했다.

며칠 동안 기온이 뚝 떨어진 겨울 날씨가 이어지고 있다. 겨울 아침 공기는 차가웠으나 청량했다. 뭐가 그렇게 좋은지 연신 깔깔거리는 아기들을 바라보니 웃음이 났다. 아이는 자라고, 젊은 아이 엄마는 언젠가 펜데믹의 가운데를 통과하던 춥던 겨울 아침을 떠올리며 그리워할 때가 올지도 모르겠다. 나는 지난 시절을 떠올리며 오전 한때 그렇게 걸었다.

4부 —————　인생

버리는 것은 선수지만 인생은 아껴 씁니다

나는 정리 정돈을 잘하는 사람은 아니다. 그래서 아예 집안에 물건을 많이 들이지 않는다. 하나를 사면, 하나를 버렸다. 옷을 넣을 서랍이 부족하다면 서랍을 사는 것이 아니라 안 입는 옷들을 버리는 식이다. 그러니 나는 정리 정돈을 잘하는 것이 아니라 잘 버리는 사람이 맞다.

엄마는 살림꾼이었다. 알뜰해서 무엇 하나 허투루 버리지 않았다. 내 눈에 부모님 댁의 물건 중 7할은 다 버릴 것이었는데 엄마에겐 다 버릴 수 없는 것들뿐이었다. 아프던 엄마는 어느 날, 와서 안 쓰는 것들을 버려달라고 했다. "버리는 데엔 네가 선수니까."라고 했다. 버리는데 선수인 나는 엄마를 침대에 앉혀두고 물건을 하나씩 보여주었다.

"너무 오래됐어, 버립시다!"

"대체 언제적 거야, 버려."

그러나 엄마는 정리하려던 마음과는 달리 버릴 수 없는 것이 너무 많았다.

"안 돼, 그거 엄청 비싸게 주고 산 거야."

"아까워서 그건 못 버리지."

결국 그날 내 계획에 훨씬 못 미치는 것들만을 겨우 정리했을 뿐이었다. 물론 그마저도 엄마는 서운해 했다.

우연히 신청하게 된 강좌는 '자서전 쓰기'였다. 덜컥 신청하고 나서 뒤늦게 걱정하기 시작했다. 내가 무슨 저명한 학자나 선거 나올 정치인도 아니고, 드러내 보일 인생이 별달리 있는 것도 아닌데 자서전이라니 말이다. 하지만 그 덕에 자서전이라는 것에 대해 다시 한 번 생각해봤다. 내가 보고 들은 이야기, 하고 싶은 이야기는 결국 나의 이야기이므로 내 모든 글은 자서전이 맞을지도 모른다고 말이다.

함께 아프던 부모님이 이십여 일을 사이에 두고 떠나셨다. 아빠의 유품 정리는 손도 대지 못한 채 엄마의 장례를 치렀다. 결국 두 분이 사시던 집의 가구며, 살림살이들을 모두 한꺼번에 정리했다. 엄마가 그렇게 아까워 못 버리던 물건들은 매일 버려지고, 정리되었다.

먼저 떠나보내고 평생의 한으로 남은 아들이 쓰던 책상, 신혼 때 처음 장만했다는 더 이상 소리가 나지 않는 괘종시계. 부모님께는 소중했을 물건들이 주인을 잃고, 그 의미를 잃은 채 모두 버려졌다.

유품이라는 것은 이미 내 손을 떠난 시간을 의미한다. 그러므로 내가 정리할 수 있는 것이 아니다. 자서전을 쓴다는 것은 내가, 나의 물건을 정리하는 것과 크게 다르지 않다는 생각이 들었다. 유품 정리가 아니라 사는 동안의 내 마음 정리 정돈 말이다.

나이를 먹으며 많은 것들이 마음속에 쌓이고 뒤엉킨다. 두서없이 쌓인 마음의 먼지도 점점 두꺼워진다. 결국 이런 뒤엉킨 것들과 쌓인 먼지를 한번 털어내고 정리하는 일이 자서전을 쓰는 일이 아닐까.

그만 버려야 가벼워지는 것들은 내놓는다. 뒤섞인 감정들은 차분히 제 자리를 찾아 차곡차곡 넣어둔다. 손 가까이 놓아 자주 꺼내 볼 것들과 깊숙이 넣어두고 어쩌다 가끔 떠올릴 것들을 구분한다. 어쩔 수 없이 남겨져 내 의지와 상관없이 버려지는 것이 아니다.

누구든 사는 동안 내 마음이라는 공간 정리의 시간은 종종 필요할 듯하다. 정리한 마음은 그만큼 넓어지고 쾌적해질 것이다. 그리운 마음들은 함부로 버려지지 않고 언제든 꺼내어 다시 돌아보며 달랠 수 있다.

비워진 자리엔 새로운 마음들을 다시 들여놓아 넉넉해지고 풍족해질 수도 있겠지. 하지만 남은 공간, 남은 시간, 그 무엇이든 영원하지 않으므로 늘 아끼고 소중히 여기는 마음도 잊지 않게 될 것이다.

그래서 이제 나는, 내 인생의 자서전을 써보려고 한다.

안녕하신가요, 순분 씨

부모님이 연달아 돌아가신 것은 봄이었다. 오월에
두 번의 장례를 치렀다. 그리고 이 나이가 되도록 가본
일이 거의 없던 화장장을, 그해엔 다섯 번을 갔다. 사람
이 연기로 흩어지는 것을 보았다. 죽음이 늘 머리맡에
앉아있는 것만 같던 한 해였다.

나의 서류를 보면, 출생신고자엔 아빠의 이름이 있다. 젊던 아빠가 동사무소에 앉아, 서류에 내 이름 석자를 쓰며 출생신고를 하는 장면을 가끔 상상했다. 그둘째 딸은 오래전 아빠가 그랬듯 동사무소에 갔다. 그리고 아빠, 엄마의 사망 신고자란에 내 이름을 적어 넣었다.

사람이 죽고 나면 그의 모든 서류는 닫힌다. 제적등본, 혹은 폐쇄 가족관계 증명서라는 이름으로 그의 모든 생몰 기록이 담긴 명부는 산 자의 것과 분리되는 것이다. 사람이 죽으면 세상에서 사라지듯, 서류에서도그렇게 사라진다. 사망신고를 마치고 건물 밖으로 나서보니, 거리엔 이미 봄이 사라지고 없었다. 여름이 시작되는 6월이었다.

부모님이 돌아가신 봄을 지나, 작은아버지를 시작으로 세 번의 장례에 더 참석했다. 화장장에도 갔다. 모두 조의금만 내고 돌아올 사이가 아니었다. 그리고 가을이 끝나고 겨울이 다가올 무렵, 나는 응급실을 거쳐병원에 입원했다. 담석증이라고 했다. 의사는 1에서

10까지 어느 만큼의 고통이냐 물었는데 무조건 10이라고 대답했다.

응급실에 누워있는 동안 조금씩 통증이 가라앉았다. 연초에 엄마를 데리고 왔던 응급실에 내가 환자로 누워있는 기분은 이상했다. 엄마를 입원시키던 그 날, 불안과 고요가 혼재된 응급실의 분위기를 생각했다. 나지 않는 병실을 기다리며 서성이던 그 날은 내가 태어난 날이었다. 생일 하루를 꼬박 응급실 복도에서 보내고야 병실로 올라갈 수 있었다.

뒤틀리는 듯한 통증이 지나가면 또 언제 그랬냐는 듯 멀쩡해지는 것이 담석증이었다. 나는 응급실에 누워서 천정을 멀뚱멀뚱 보며 그날을 생각했다. 그날처럼 아픈 사람은 끝도 없이 들어왔다. 소리 지르는 사람도 있었고, 그마저도 기운이 없는 사람도 있었다.

결국 입원했고, 검사를 하며 며칠간 병원 생활을 했다. 옆 침상엔 동년배의 여인이 있었는데 나는 아직도 가끔 그녀, 순분 씨를 생각할 때가 있다. 그녀는 내게 어디가 아프냐고 물었다. 담석증이어서 수술을 해야 한다고 하니 그녀는 쓸쓸하게 웃었다.

"담석증으로 수술하는 건, 축복이에요."

그녀는 췌장암이었다. 공무원이었던 남편이 휴직하고 간호하고 있었는데 닫힌 커튼 너머로 가끔 그들의 대화를 듣곤 했다. 고3인 막내를 걱정했고, 대학에 다니는 큰아이의 취직을 걱정했다. 식사 때엔 남편 몰래 자꾸 밥을 버렸다. 거동이 힘든 그녀를 대신에 내가 식판을 내어놓을 때면 미안해하며 말했다.

"밥 몰래 버린 거 남편에게는 비밀이에요."

나는 그녀의 남편이 와 있을 땐 종종 복도에 나와 걸었다.

"코드블루! 코드블루!"

방송이 나왔고 옆 병실로 의사와 간호사들이 몰려갔다. 옆 병실에는 할아버지 환자가 계셨는데 그날 저녁, 복도에서 사람들이 울었다. 열린 병실 문으로 복도에서 자식들을 다독이는 할머니의 차분한 목소리가 들려왔다.

"사람이 태어나면 어차피 언젠가는 떠나는 게 순리니 너무 애달파하지 마라."

나는 옆 침상의 순분 씨가 걱정되어 소리 나지 않게 조용히 병실 문을 닫았다.

다음 날 아침 일찍 복도로 나서며 옆 병실을 보았다. 시트가 벗겨진 빈 침대만이 남은 채 방은 싹 치워져 있었다. 흔적도 없이, 그렇게 사람은 떠났다. 세상에서도 곧 그렇게 될 것이었다, 지난밤 복도에서 들려오던 할머니의 말씀을 다시 떠올렸다. 더 나이가 들면 죽음 앞에서 그처럼 의연해질 수 있을까. 나는 아직도 자신이 없다.

며칠간의 입원 생활을 끝내고 퇴원하는 날 오전이었다. 의사가 옆 침상의 순분 씨와 남편에게 이야기하고 돌아갔다. 힘들지만 분명하게, 의사는 더 이상의 처치가 무의미함을 말하고 있었다. 의사가 나간 후 순분 씨와 남편이 있는 커튼 너머에선 아무 소리도 들리지 않았다. 이미 환자복을 벗고, 몇 개 되지 않는 짐을 싸고 링거를 빼기만 기다리고 있던 나는 침대 끝에 가만히 앉아있었다. 병실에 내려앉던 그 오전의 고요가 천근의 무게였다. 숨소리를 내는 것마저 조심스러웠다.

"나야…. 그저 너무 고생하지 않고 갔으면 하는 거지, 뭐."

한참 후에 갈라진 목소리로 순분 씨가 말했고, 뒤이어 두 부부가 함께 우는 소리를 들었다. 나는 조용히 나와서 복도에 선 채로 간호사에게 약을 받고, 링거 바늘을 뽑았다. 그 부부에게 차마 인사를 하고 나올 수가 없었다.

네 해가 지났다. 나는 지금도 가끔 순분 씨를 떠올린다. 기적이 있어서 순분 씨는 아직도 같은 하늘 아래에서 숨을 쉬고 있을지도 모른다.

"홈쇼핑 버튼을 나도 모르게 자꾸 누르고 후회해요. 저 미쳤나 봐요."

여전히 누군가에게 그런 이야기를 하며 해맑게 웃고 있을지도 모르겠다. 하지만 어쩌면 그녀는 지금쯤, 이곳이 아닌 또 다른 곳의 그녀가 되었을 수도 있다.

그녀 말대로 나는 '축복에 가까운' 담석증으로 며칠 입원을 하고, 수술했다. 삶과 죽음이 혼재된 곳이 병원뿐일 리는 없다. 하지만 그처럼 쉽게 죽음을 접할 수 있는 곳도 흔치 않을 것이다. 우리는 죽음이 없는 듯, 나에겐 오지 않을 듯 산다. 언젠가 나도 죽을 것이라는 생각으로 사는 것과 죽음을 생각하지 않고 사는 것, 어느 쪽이 나은 삶인지 알 수는 없다.

하지만 나는 시간에 나태해질 때, 인생에 무기력해질 때, 혹은 대책 없이 부풀어 오를 때면 순분 씨를 생각한다. 인생이 안녕하다는 것은 더할 나위 없이 행복한 일이다. 그럼에도 불구하고 자꾸 잊는다. 그러니 종종 오늘의 안녕에 감사하며, 그녀에게 인사한다.

"… 안녕하신가요, 순분 씨!"

회전교차로의 신호등

운전자가 된 세월이 이십여 년이다. 운전을 하기 시작한 이후, 나는 전보다 훨씬 더 멀리 갔고. 훨씬 더 빨리 돌아왔다. 운전을 하기 이전의 나를 상상할 수 없을 만큼 참 많이도 돌아다녔다. 여행과 낚시를 좋아하므로 고속도로도, 비포장 임도도, 구불구불한 구절양장 고갯길도 거침이 없었다.

그런데 그만, 내가 가장 작아지는 곳은 바로 회전교차로이다. 낯선 길을 갈 때 내비게이션에 전방의 회전교차로가 안내되면 "아, 회전교차로!" 하고 한숨을 쉬게 된다. 회전교차로가 교통의 흐름을 좋게 해준다거나, 회전하는 차량 우선이라거나, 시계 반대 방향으로 회전한다는 등의 기본상식을 모르는 것은 아니다. 그런데 이상하게도 늘 회전교차로를 만나면 그만 초보운전자처럼 긴장하게 된다. 한적한 시골의 회전교차로는 그래도 괜찮지만, 통행량이 좀 더 많은 도시의 복잡한 회전교차로를 진출입할 때면 솜털이 곤두서는 것 같다.

내비게이션에서 안내멘트가 나온다.

"세 번째 출구로 나가세요!"

그러면 회전교차로를 돌며 출구를 지날 때마다 혼잣말하곤 한다.

"첫 번째, 두 번째…. 그래, 이번에 나가면 되는 거야. 잘했어!"

그리고 나선 또다시 투덜댄다.

"회전교차로 하지 말고 그냥 사거리 신호등을 달아 달라고!"

회전교차로만큼은 아니지만, 비보호 좌회전 구간 역시 긴장하게 된다.

'왜 군이 신호 없이 눈치껏 가게 만드는 거지? 그냥 신호가 있으면 눈치 보지 않고, 고민하지 않고 신호대로 할 것 아니야.'

혼자서 투덜대 보기도 한다.

이십여 년을 운전하고도 신호가 주어지지 않은 상황에 적응하지 못하는 것은 왜일까. 그렇다고 내가 투철한 준법 운전자인 것은 아니다. 오히려 과속 벌금이 찍힌 경찰청 연서에도 익숙하며, 반성할 일이지만 신호 위반하는 일도 없지 않다. 신호가 없으면 불안해하면서, 있는 신호는 제대로 지키지 않는 운전자라니.

사는 일도 때로는 비슷해서 늘 신호에 따라서 움직이는 것만은 아니다. 가끔 신호등이 없는 회전교차로를 만나기도 하고, 비보호 좌회전 길을 만나기도 한다. 시골길처럼 지나는 차들이 거의 없다면 고민하지 않고, 주변 돌아보지 않고 가뿐하게 교차로를 돌아나갈 것이다. 맞은편에서 오는 차가 있는 건 아닌가 신경 쓰지 않고 눈치껏 비보호 좌회전도 할 것이다.

하지만 기흥IC 주변 회전교차로처럼 고속도로 진출입 차량들과 쇼핑몰을 드나드는 차량들이 한데 몰려 북새통을 이루는 복잡한 구간을 만난다면 없는 신호를 간절하게 아쉬워할 게 분명하다. 속도를 줄여 회전교차로 안으로 진입해야 하고, 회전하고 있는 차량이 우선이며, 시계 반대 방향으로 돌아야 하고… 등등 회전교차로의 지켜야 할 규칙들을 떠올리며 핸들 잡은 손에 힘이 들어가겠지.

생각해보면 지나온 인생의 모든 길에 신호등이 있는 것은 아니었다. 오히려 인생의 길에선 방향을 선택할 수 있게 도와주는 표지판은 많았지만, 진행과 멈춤의 때를 명확히 알려주는 신호등은 적었다. 그런 것이 인생일 테니 말이다.

앞으로 나아갈 길 역시 대부분 회전교차로이거나 비보호 좌회전 길일 것이 분명하다. 많은 일이, 많은 사람이 한데 몰려 돌아가고 있는 혼잡한 회전교차로지만 피할 길 없이 진입해야 하는 순간을 종종 만날 것이다. 때로 6차선 대로에 비보호 좌회전 길을 만날 수도 있다. 사방에서 차가 오는데 뒤차는 빨리 좌회전을 하라고 경적을 울려댈지도 모른다.

오늘도 신호등이 없는 회전교차로를 만나면 아, 회전교차로! 하며 썩 반가워하지 않겠지만, 진입할 때는 속도를 줄이고, 먼저 회전하고 있는 차가 우선, 그리고 회전 방향도 지켜가며 잘 돌아나가 보기로 한다.

인생의 회전교차로에선 이렇게, 내 안에서 신호등이 점멸한다.

이기주의자로 산다는 것

"나이가 들어서…." 라는 건 핑계일까 이유일까.

"그 나이에도 불구하고…."라는 건 용기일까 주책일까.

언제인가부터 늘 핑계와 이유, 용기와 주책. 그 사이 어디쯤에서 늘 고민하고 망설인다.

근처 독립서점에서 잡담회를 한다는 포스팅을 봤다. 독립서점에선 종종 글쓰기 모임을 하기도 하고, 편안한 잡담회를 하기도 해서 이곳저곳에서 종종 그런 포스팅이 올라온다. 그런 글을 볼 때마다 재미있겠다, 한번 참여해보고 싶다고 생각하다가 이내 접는다. 가보지 않아도 뻔하지. 대부분이 이십 대쯤의 아이들(?)이 모여있을 텐데, 부모뻘인 내가 끼어 앉은 그림은 어째 상상만으로도 뻘쭘하기 그지없다. 같이 앉은 젊은 친구들은 또 얼마나 어렵고 불편할 것인가. 괜히 주최하는 사람이 가운데에서 불편할 수도 있다.

물론 다른 세대 간의 대화는 서로 모르는 세계를 이해하는 시간이 되기도 할 것이다. 하지만 세대를 아우르는 교감이나 우정의 이야기는 영화나 소설 작품의 소재로는 훌륭하지만, 현실에서는 쉽지 않은 일이다. 잘못 낸 용기는 주책이라는 소리를 들을지도 모른다는 걱정이 먼저 앞선다.

젊어서는 뭘 해도 대부분 용서가 되고, 이해를 받기

좋다. 어려서, 뭘 몰라서 그래. 젊은이의 치기에도 관대하다. 그러나 나이 들어 무언가를 실수하면 실수로 받아들여지기보다 주책, 나잇값이란 단어가 먼저 따라온다. 나이 든 사람도 실수할 수 있다. 모를 수 있다. 그런데 젊은이들만큼 그 실수와 무지를 이해받기 쉽지 않다. 그래서 나이 든 사람으로 사는 일이 어려운지 모르겠다. 실수하면 안 되고, 모르는 게 있으면 안 된다. 잘못 용기를 내었다간 주책이란 소리를 듣기 십상이고, 나이 때문에 안 된다는 소리는 남에게서 듣는 만큼 내 속에서도 듣곤 한다.

"60살 넘으면서부터 웃고 살기로 했어. 전에는 생계형 배우여서 작품을 고를 수 없었는데, 이젠 좋아하는 사람들 영화에는 돈 안 줘도 출연해. 마음대로 작품을 고르는 게 내가 누릴 수 있는 사치야."
얼마 전 배우 윤여정이 〈찬실이는 복도 많지〉(2020)의 김초희 감독에게 해줬다는 말이다.

생계를 위해 가리지 않고 열심히 일했으니 이제는

내가 하고 싶은 것만 하는 사치를 누리겠다고 하는 그 부분이 와 닿았다. 나는 아직 60살까지 먹지는 않았지만, 그 나이가 멀지 않은 지금의 내가 아니었다면 그 말을 이해할 수 있었을까. 내가 40대만 되었어도 공감하지 못했을 게 분명하다.

나이를 먹는다는 것은, 이해받는 것에 인색해지고, 베풀어야만 하는 일이 더 많아지는 일이기도 하다. 하지만 내가 나이를 먹으면서 생각한 일은 이기적으로 살겠다는 것이었다. 배우 윤여정이 하고 싶은 작품을 하는 사치를 누리겠다고 한 것처럼, 나는 무조건 내가 하고 싶고, 내가 좋은 것을 하는 이기주의자로 살겠다고 생각했다. 일단 내가 있어야 세상도 있다고 말이다.

하지만 마구잡이로 떼쓰는 것이 이기주의는 아니니, 진정한 내 인생의 이기주의자로 사는 것도 쉬운 일은 아니다. 내가 우선이 되려면, 내가 책임질 수 있어야 한다. 결국 나이를 먹어간다는 건 그만큼의 책임이 늘어나는 일인 것이 맞다. 살다 보면 핑계 대지 않고 합

당한 이유를 댈 수 있어야 하고, 어렵고 힘들지만 어른으로 용기 내어야 하는 일도 점점 많아진다.

그러다 보니 핑계와 이유, 용기와 주책 사이에서 이기주의자의 중심 잡기는 오늘도 참 쉽지 않다.

김서림 방지제가 필요한 순간

'처서'라는 절기는 보통 양력 8월 23일 이후, 음력으로는 7월 15일 무렵에 있다. 선선한 가을을 맞이하게 된다는 의미라는데, 음력의 절기에 익숙지 않은 나는 인터넷 포털사이트의 화면을 보고야 오늘이 처서임을 알았다.

　비가 내렸다. 우산을 쓰고 동네를 걸었다. 우산 위로 토도독, 빗방울이 떨어지는 소리가 들렸다. 선선한 공기로 가득한 오전이었다. '언제 여름이 가버렸지?' 하는 아직은 이른 생각을 잠시 했다.

　어느새 안경에 뿌연 김이 자꾸 서렸다. 여름 내내 안경에 김은 서리지 않았는데, 기온이 그만큼 내려간 걸까. 안경렌즈에 다시 김이 서리자 여름내 잊고 있던 김 서림 방지 티슈가 생각났다.

　'어디에다 두었더라.'

　지난겨울 마스크를 쓰고 다니며 김 서림에 시달렸다. 불편하기가 이를 데 없었는데, 안경 착용자들이라면 비슷한 고민을 했을 것이다. 인터넷을 뒤져서 김 서림 방지 티슈를 이것저것 써보았다. 외출하려 마스크를 쓰기 전에는 꼭 그 김 서림 방지 티슈를 한 장 꺼내어 안경렌즈를 닦았다. 신기하게 반나절 이상 안경에 김이 서리지 않았다.

난데없이 코로나가 찾아와 우리의 일상을 뒤흔들었다. 마스크를 이렇게 길게 쓰는 인생이 될 거라고는 그 누구도 상상하지 못했으니 말이다.

학원을 오래 운영해왔던 나는, 그간 신종플루와 메르스를 겪었다. 전염병의 한가운데를 통과하며 학원에는 늘 마스크와 손소독제를 준비했다. 코로나가 찾아온 초기, 그들처럼 얼마간의 시간이 지나면 잦아들 줄 알았지만 아니었다. 두 해가 다 되어오도록 소독제를 뿌리고, 마스크를 쓰는 것이 일상이 되어버린 것이다.

나는 사람 눈이 유달리 어두운 편이라 한번 본 사람도 다음에 보면 잘 알아보지 못하곤 한다. 그러니 마스크를 쓰기 전 알던 사람도 마스크를 쓰면 잘 알아보지 못했다. 마스크를 쓰고 처음 만난 사람은 이제 마스크를 벗는 시절이 오면 또 못 알아볼 것이 뻔하다.

얼마 전 폐가를 수리하여 북카페를 만든 곳에 갔었다. 마당 한구석에 있던 재래식 화장실의 정화조를 들어내고, 지붕을 다시 얹어 두 명이 겨우 앉을 공간을 만들었다. 앉아서 책을 읽는 내내 그 공간이 재밌고도 신기했다. 우리가 푸세식이라고 부르는 재래식 화장실이었다는 생각을 하니 기분이 묘했다.

여름 한 꼭대기의 날씨였다. 이글거리는 뜨거운 태양과 그 작은 공간의 에어컨에서 내뿜는 차가운 공기가 격렬하게 부딪치는 소리가 났다. 함석지붕에서 미세하게 삐걱거리는 소리가 계속 들려왔던 것이다.

그렇게 서로 다른 온도가 만날 때엔 부딪히는 소리가 나거나 시야를 가리는 뿌연 김이 서린다. 그 어떤 형태로든 서로 다른 것이 만나 어우러지지 못할 땐 단박에 그 표식이 드러나는 것이다.

마스크를 벗을 수 없는 요즘, 그 마스크를 생각한다. 안경렌즈에 김이 서리는 것은 마스크의 안과 밖의 온도 차이 때문일 것이다.

가끔 사람과 사람 사이에도 마스크가 있는 듯 느껴질 때가 있다. 타인과 나의 어쩔 수 없이 다른 온도를 경험한다. 부딪히거나, 파열음을 낸다. 시야가 뿌옇게 흐려지고, 서로의 진짜 모습을 명확히 알아보기 힘들다.

살다보면 누군가를 마주할 때 어쩔 수 없이 마스크가 필요한 순간이 있다. 물론 이제 그만 마스크를 벗고 서로에게 민낯을 내보이고 싶을 때도 분명 있다. 마스크 하나를 쓰고 벗는 것에 따라 익숙하다고 생각한 것이 낯설어지거나, 혹은 그 반대의 경우가 되기도 한다.

　처서가 지났다. 곧, 가을이다. 이제 어딘가에 넣어두었을 김 서림 방지 티슈를 찾아보기로 한다.

돌발성 난청

의사는 돌발성 난청이라 했다. 일주일 전쯤부터 오른쪽 귀에 물이 들어간 듯 갑갑하고, 위잉~하는 이명도 있고 멍했다.

딸아이가 초등학생이던 시절, 나는 걸린 감기가 잘 낫지 않았다. 감기는 이비인후과 가야 빨리 낫는다는 엄마를 따라 병원에 갔다. 하지만 먼저 진료하는 엄마 코로 막대기가 한 뼘쯤은 들어가는걸 보고 나선 질겁해서 손사래 치며 도망 나왔다. '아이가 초등학생이 아니라 에미가 초등학생이나 마찬가지'라고 엄마는 한동안 혀를 찼다. 그 이후, 이비인후과는 처음이었다.

그때처럼 길고 긴 꼬챙이를 귀에 넣는 것이 아닐까 걱정했지만, 다행히 의사 손에 꼬챙이는 없었기에 안심했다.

돌발성 난청? 갸우뚱하는 내게, 의사는 아주 흔하다고 했다. 뜬금없이 "이 앞에 s 회사 직원들도 이 병으로 엄청 옵니다." 했다. 그러면서 이어폰의 큰소리, 스트레스, 약물, 과로, 노화 등등 수도 없이 원인이 많다고 했다.

달리 복용하고 있는 약도 없고, 이어폰을 자주 끼지만 주변 소리가 안 들릴 정도로 크게 듣지도 않는다. 아무리 백수가 과로사한다는 우스갯소리가 있다 해도, 더이상 출근하지 않는 삶을 달성한 마당에 과로할 일은 또 뭐란 말인가. 일생동안 일한 내 인생 중 요즘처럼 맘 편한 때는 없는데 말이다.

결국 남은 건 하나로구나, 노화.

"시신경 기능이 떨어지면 시력이 떨어지는 것처럼, 청신경 기능이 떨어지면 이런 증상이 나옵니다."

의사의 말을 곱씹어 봤다. 그러니까 청신경이 늙었다는 건가 우울해졌다.

염증이 아니고, 말 그대로 돌발성이므로 약을 얼마간 복용하면 대부분 낫는다는 것은 다행이었다. 하지만 경과가 안 좋을시 고막 주사를 맞기도 한다는 무서운 소리와 함께 약을 처방받아왔다. 무조건 과로하지 말고, 잘 먹고, 잘 자야 한다고 주의사항과 함께 말이다.

집에 와서 검색해보니 갱년기증상 중 높은 빈도로 돌발성 난청이 생긴다는 것을 알았다. 약봉지를 물끄러미 바라봤다.

더 이상 출근하지 않는 삶을 시작하고는, 그간 시간이 없다는 핑계로 미루었던 것들을 해보리라 맘먹었었다. 난데없이 뜨개 공방에서 뜨개질을 배웠다.

손으로 하는 건 뭐든 망가뜨리는 재주가 있는 사람이 실 하나가 면이 되고, 입체가 되어가는 과정을 보는 것은 엄청난 재미여서 시간 가는 줄 모르고 뜨개질을 했다. 완성품의 수준은 내보일 정도의 것이 아니었으나 그 재미에 빠져서 앉으면 무조건 뜨개바늘을 잡고 몰입했다. 그 결과, 넉 달 만에 손가락건초염이라는 희한한 진단명을 받아들었다.

뜨개 공방을 그만두었고, 쟁여놓았던 알록달록 실뭉치는 서랍 깊숙이 들어갔다. 꼬박 3주를 정형외과에 출석해 파라핀 치료, 레이저 치료를 하며 보냈다. 그렇게 불꽃 같던 넉 달간의 뜨개인생을 마무리하자마자 이번에는 돌발성 난청이라니.

반기지 않아도, 나이를 먹으니 여기저기 아픈 데가 찾아온다. 나이 먹는 것도 싫고, 아픈 것도 싫지만 그 모든 것과도 이제 친구삼아 잘 지내야 할 때인 듯하다.

바람이 있다면, 조금 천천히 늙고, 조금 더 오래 건강했으면 하는 것이지만 그 역시 내 마음대로 되는 일은 아니다.

결국 나이를 들어간다는 건, 이렇게 받아들이는 과정인지도 모르겠다.

나의 무속 놀이

"같이 가줘…."

친구는 말끝을 흐리며 나를 바라봤고, 결국 백마 장
군이 계신다는 집 앞에 둘이 섰던 그 날은 지금으로부
터 오래전의 어느 날이었다. 이 나이가 되도록 소위 점
집이란 곳을 안 가본 것은 아니나, 우리들이 우스갯소
리로 '무속 놀이'라고 부르던, 그러니까 만세력을 펼쳐

글로 사주를 보던 곳과는 사뭇 결이 달랐다. 깃발이 펄럭이던 그곳은 진짜 무당집이었으니까 말이다. 그러니 난생처음 진짜 무당집을 간 그날은 그간의 우리들 무속 놀이 중에선 최고 난이도 코스였음이 분명하다.

'되는 일이 하나도 없어서' 가보고 싶다고 했던 친구는, 무서워서 혼자 못 들어가겠다고 할 때와는 달리 막상 무당집 앞에선 씩씩하게 계단을 올랐다. 분명 방 안에는 무당과 우리뿐이었다. 드라마에서 보던 무당의 이미지와는 사뭇 달랐다. 매서운 눈매에, 사나운 화장을 하고 요란한 색동 의상을 입은 모습은 아니었다. 그저 길에서 마주치면 눈길을 끌 것 같지 않은 후덕한 초로의 여인일 뿐이었다. 그런데도 무시무시하게 생긴 조형물들이 방안에 가득해서인지 이상하게도 군중들이 모여있는 듯한 위압감이 살짝 느껴지기도 하는 공간이었다.

"집안 어르신 중 얼마 전에 돌아가신 분이 계시지?" (돌아가신 어르신이 안 계신 집도 있단 말인가?)

친구는 대번에 고개를 끄덕이며 "친정아버지가 몇 해 전 돌아가셨어요."라고 했다. (아이고, 얘야! 듣기만 하라니까)

"아버지 천도재를 해 드려야 해." 무당의 말을 들은 친구는 심각한 얼굴이 되었다.

"좋은 곳으로 아직 못 가셔서 그래. 잘 보내드려야 자식들이 잘되고, 집안이 편해져." 결국 친구는 덥석, 천도재를 약속하고 있었다. 옆에서 쿡쿡 찌르며 말려 보았으나 이미 소용없었다.

설마! 하던 일이 벌어진 겨울이었다. 무당집에 가는 것은 우리 무속 놀이의 최정점이 아니었다. 그것으로 끝나지 않았다. 그 당시 친구의 면허는 시내용이었으므로 하남에 있다는 굿당까지 차를 몰고 갈 자신이 없다고 했다. 결국 엄동설한 추운 날씨에 가뜩이나 추위로 움츠러든 어깨를 하고 난생처음 굿당이라는 곳을 갔다. 추위 때문인지 굿당이라는 곳이 주는 긴장감 때문인지 어깨가 뻐근했다.

강당 같은 커다란 방이 많은 곳이었다. 그런 방들을 예약해서 무당들이 굿을 한다고 했다. 세상에는 참 다양한 직업이 많다는 것을 또 한 번 느끼는 순간이었다. 노래방도 아니고, 굿당 대여업이라니 말이다. 대체 굿당은 사업자등록증에 업종을 무엇이라 표기하는지 궁금해질 지경이었다.

무당이 굿을 하고, 간절한 이들이 기도를 하기 바쁜 공간일 테니 나 같은 '따라온 자'는 앉아있을 곳도 마땅치 않았다. 굿판이 벌어지는 큰방의 현관에 앉아 무당이 천도재를 하는 것을 멀찍이 곁눈으로 보았다. 동네 아주머니 같기만 하던 푸근함이 얼굴에서 사라진 무당은 역시 무당이었다. 알록달록 색동옷을 입고, 사나운 화장을 하고 나니 상상하던 무당의 모습 그대로였다. 역시 드라마는 허구가 아니었던 것이다.

친구는 절을 하며 열심히 기도했다. 모태 불교 신자인 친구가 법당에서도 저리 열심히 기도하는 걸 본 적이 없었다. 십 대 시절부터 친구를 보았으니 돌아가신 친구의 아버지도 여러 번 뵈었다. 어느 날 갑자기 친구가 전화해 아버지가 전격성 간염으로 손 써볼 새도 없이 돌아가셨다고 했을 때, 나는 그 사람 많은 마트에서 울었다. 무당의 말을 다 믿지도, 다 안 믿지도 않는다. 다만, 친구 아버지의 영혼이 편안했으면 하는 것은 그 순간 나의 진심이기도 했다.

기대했던 작두 타기 이벤트는 없었다. 딱히 날 선 작두 위에서 맨발로 뛰는 걸 두 눈으로 확인하고 싶은 건 아니었지만 천도재 코스에 작두 타기는 포함되지 않는 듯했다. '아니면 저 무당분의 역량 부족인 건가?' 하며 혼자 웃기도 했다. 난방도 안 되는 추운 굿당의 구석에서 지루한 시간은 그래도 지나갔다. 드디어 통돼지 한 마리가 등장했다.

'오호라! 저것을 삼지창에 꽂아 세우는 건가. 역시 스케일이 돼지 머리 수준이 아니었다니.'

클라이맥스로 치닫는 듯한 굿판이 점점 흥미진진해

졌다. 돼지 몸통에 거대한 삼지창을 박아 넣는다. 그리고는 지렛대 같은 것을 이용해 벌떡, 세운다. 이것이 원래의 그림일 것이다. 그런데 그만 돼지를 꽂은 삼지창은 몇 번을 해도 똑바로 서지 않고 자꾸 넘어졌다. 속으로 끌끌 혀를 찼다.

'저 거대한 돼지가 다리 하나짜리 포크에 꽂아서 세워지겠냐고…'

그때였다. 갑자기 요란한 색동 한복에, 매서운 화장을 한 그 무당은 성큼성큼 현관 입구에 앉은 내게로 다가오더니 무서운 얼굴로 검지 손가락을 내게로 내밀었다.

"너! 나가 있어라! 너같이 기가 센 아이가 여기 있어서 그렇다."

졸지에 기가 센 여자가 되어버린 나는 쫓기듯 굿당에서 나왔다. '아니, 왜 자기가 삼지창 못 세우는걸 내 핑계를 대고 그래.' 속으로 구시렁거리면서 말이다.

그 삼지창 꽂힌 통돼지는 어찌 되었을까. 믿거나 말거나지만 내가 나온 이후 단박에 발딱! 섰다고 친구가 얘기해주었다.

난생처음 굿당에서의 경험은 두고두고 주변 다른 친구들에게 이야깃거리가 되었다.

"야! 굿당이라는데 가봤어? 난 가봤는데 말이야…"

나의 무속 놀이 이야기는 이렇게 종종 굿당 체험의 무용담으로 시작되곤 했다.

십 년도 더 넘은 시간이 지났다. 되는 일이 하나도 없다며 점을 보러 다니고, 천도재를 해야겠다던 친구는 그 이후 한동안 더 되는 일이 없어졌다. 빚은 늘었고, 부부는 헤어졌으며, 가족은 흩어졌다.

예전엔 친구들과 종종 '무속 놀이'를 다녔다. 그래봐야 신년이 되었을 무렵 한 번 정도였지만, 어쨌거나 그저 '놀이'였으니 말이다. 심지어 친구들은 내게 말했다. "아니, 하란 대로 안 하고 결국 네 맘대로 할 거면서 점집은 왜 갔던 거야?"

점집에선 지나간 것은 대부분 잘 맞추었다. 그런데 앞으로 다가올 일에 대해서는 애매모호하게 흐리거나, 심지어 하지 말라는 것을 해도, 하라는 대로 해도 크게 결과는 다르지 않기도 했다.

나는 이제 무속 놀이를 하지 않은 지 오래되었다. 여전히 삶에는 궁금한 것들이 끊임없이 생기고, 불안하기에 확인받고 싶은 순간은 늘 이어진다. 내가 지천명의 나이를 먹었다고 해서 하늘의 뜻을 알게 된 것은 아니다. 불혹에도 늘 사방의 유혹에 갈대처럼 흔들렸듯이, 지천명이 되었어도 나는 여전히 아무것도 알지 못하는 인간일 뿐이니 말이다.

하지만 이제는 우리 인생에 일어날 수 없는 일 따위는 없으며, 나에게 일어나지 않을 일 따위도 없을 거라는 것쯤은 어설프게나마 알게 된 나이가 되었다. 젊은 시절엔 점집을 종종 다녔던 엄마가 나이를 먹고 언제부터인가 "점, 그거 다 소용없어. 그저 자기 마음이 가는 대로 하는 게 그게 점이야."라고 하던 말도 어렴풋이 알아듣겠으니 말이다.

  또다시 새해가 다가온다. 한 해를 맞는 마음에 희망만 있을 리는 없다. 내 시야 너머에 무엇이 있을지, 이 길 끝이 또 어디로 이어질지 두근대는 불안과 떨리는 마음도 함께 있다. 한 해가 지나면 새로운 한 해가 시작된다. 한 달이 지나면 달력을 넘겨 새로운 한 달을 맞는다. 한 주가 지나면 또 다른 한주가 주어진다. 오늘이 지나면 내일이 온다. 희망과 불안이 적절히 섞인 새해는 연말에만 오는 새로움이 아니다. 인생의 숨 쉬는 매 순간이 다시 오지 않을 새로움이다. 그러니 오늘도 그저 내 마음이 이끄는 길로 뚜벅뚜벅 걸어보기로 한다.

그리운 바다 성산포

제주에서 성산 일출봉은 자주 보였다. 굳이 일출봉을 찾아가지 않아도 제주 아랫녘의 성산포 부근을 지날 때면 종종 저 멀리에, 혹은 가까이에 그렇게 문득 일출봉이 나타났다가 또 금방 사라지곤 했다.

바닷물이 안쪽으로 한껏 들어와서 파도는 숨이 죽고, 물결은 잔잔해져서 바다가 아니라 저수지처럼 느껴지는 오조포구에서도 성산 일출봉은 지척으로 건너다보였다. 번잡함에서 살짝 비켜선 조용한 물가에 서서 한동안 성산 일출봉을 건너다보았다.

대학 신입생 시절, 같은 과에 여학생은 몇 없었다. 그중 우리보다 서너 살 이상 많은 언니가 동급생으로 입학했다. 말이 없고, 수업에도 잘 들어오지 않아 우리는 그 언니가 늘 어려웠다.

시국이 어수선하던 때였다. 툭하면 휴강이었고, 누군가는 몸에 불을 지르고 분신 열사가 되었다. 강의실로 종종 매캐한 최루탄 연기가 날아 들어왔다. 군인이었던 아빠는 행여나 데모행렬에 끼일까 봐 늘 등굣길에 한마디씩 하셨지만, 나는 그저 철없이 즐거운 신입생일 뿐이었다.

이런 나같은 신입생과 그녀는 사뭇 달랐다. 데모행렬의 맨 앞에서 머리에 띠를 두르고 구호를 부르짖는 그녀를 보았다는 친구가 이야기했다.

"강의실에선 그렇게 말이 없는 사람이… 거기에선 완전히 다른 사람 같더라. 좀 무섭기도 했어."

수업에는 들어오는 날보다 안 들어오는 날이 더 많았던 그 언니가 어느 날 한참 만에 수업에 들어왔다. 늘 그렇듯 제일 뒤에 없는 사람처럼 앉아서 수업을 들었다. 나를 한참 보더니 조심스럽게 말을 건넸다.

"혹시, 이생진 시인의 '그리운 바다 성산포'라는 시집 읽어봤어?"

고개를 젓는 내게 그녀는 살짝 웃어 보였다.

"너도 아직 못 읽어봤구나. 어쩐지 너는 그걸 읽고, 갖고 있을 것 같았거든. 혹시 가지고 있다면 빌려볼 수 있을까 해서 물어봤어."

그것이 입학하고 몇 달이 지나도록 그녀와 처음 나누어본 대화이며 그녀가 학교를 떠날 때까지 유일하게 나누어본 대화이기도 했다. 그 언니는 왜 내가 이생진 시인의 그 시집을 읽어보았을 거라 생각했는지는 알 수 없다. 사실 나는 그녀가 묻기 전까지는 이생진 시인도, 그의 시집도 알지 못했으니 말이다.

며칠 후 서점에서 그 시집을 찾아 읽었다. 대학생이 되었지만, 아직도 문제집만 읽던 고등학생티를 못 벗던 나는 그 시를 읽는 동안은 어쩐지 진짜 대학생이, 어른이 된 것 같은 기분이 들었다. 알 수 없는 일이었다.

그날 이후 나는 많은 책을 읽었다. 대학생이 된 그해 첫 여름방학은 하루종일 도서관 서고에서 책을 읽었다. 대하소설부터 시집등 장르를 가리지않고 찾아 읽었다. 장마철 습한 비 냄새에 섞여들던 책들의 향기, 오래된 종이의 눅눅한 냄새가 배어있던 도립도서관의 서고를 지금도 가끔 생각한다.

제주를 여행하는 동안 하루에도 여러번 성산 일출봉을 마주치며 함께 간 가족들은 모두 한마디씩 했다.

"찌그러진 모자 같아."

"밥상처럼 생기지 않았어?"

나는 이생진의 시집을 묻던 그녀를 떠올렸다. 결국 중간에 학교를 그만두어버려 이제 얼굴조차 가물거리는 그녀가, 내게 이생진 시인의 '그리운 바다 성산포'를 읽어보았느냐고 묻던 그 날을 생각했다. 뜬금없지만 서점에서 그 시집을 찾아 읽고 나선 갑자기 내 자신

이 한 뼘쯤, 아니 한 계단쯤을 딛고 올라선 듯 느껴지
던 그 날을 말이다.

지우는 것이 쉬운 시대

대학을 입학했을 때 선물로 받은 것은 수동 타자기였다. 회색의 뚜껑과 손잡이가 달린 것이었는데, 탁! 탁!탁! 두드리면 글자가 찍혀 나왔다. 힘주어 자판을 두드릴 때마다 나란히 누워있던 글쇠들이 하나씩 제자리에서 일어나 먹지를 두드리면서, 하얀 종이 위에 글자가 생겨났다. 분명 내가 자판을 누르는 대로 글쇠가 일어나는 것이었지만 종이위에 글자가, 문장이 찍혀 나갈때면 마치 그 글은 내가 아니라 타자기가 스스로 찍어내는 듯한 기분이 들곤 했다. 펜으로 종이에 쓰는 것과는 또 다른 느낌이었다.

글을 쓰는 것을 좋아했던 나는 탁!탁!탁! 늦은 밤에도 타자기를 두드려대곤 했었는데 그러다가 시끄럽다고, 낮에 하라고 부모님께 종종 잔소리를 들었다. 예전이나 지금이나 악필인지라 과제를 제출할 때면 늘 이 수동타자기 덕을 보기도 했다. 게다가 탁,탁, 두드릴 때의 쾌감도 은근히 중독성이 있었다. 다만 단점이라면 그 우렁찬 타이핑 소리 외에도 수정이 쉽지 않다는 것이었다. 수정테이프도, 수정액도 써보았지만 감쪽같을 리가 없으니 어쩔 수 없었다.

얼마 전 책상 속의 오래된 서류화일 뭉치들을 하나씩 들여다보며 정리했다. 이십 년도 더 된 오래된 글들이 나왔다. 그 세월을 지나왔으니 종이의 색도 누렇게 바랬는데, 타자기 특유의 글자체가 참 정겨웠다. 하나씩 꺼내어 읽으며 버릴 것과 남길 것을 구분했다. 한 장 한 장 읽다 보니 정성 들여 타이핑 하고 있는 그 시절의 내가 떠올랐다.

'이쯤에선, 손목이 아팠겠는데…'

'여기 오타가 나서 수정했네.'

빛바랜 종이 위에 남은 수동타자기 글씨를 손으로 쓸어보았다. 글쇠들이 두드리고 간 자리였다. 그럴 리 없지만, 어쩐지 한 글자 한 글자의 요철이 느껴지는 것만 같았다.

컴퓨터가 보편화되었고, 나 역시도 한글 타자를 익혔다. 처음에는 수동타자기의 자판 배열과 달라 애를 먹었지만, 비교할 수 없을 만큼 빠르고, 힘들이지 않고 타이핑이 가능한 그 편리함에 환호했다. 무엇보다 컴퓨터에 워드 프로그램으로 작성을 하는 것은, 수정이 쉽다는 것이 최고의 장점이었다. 더 이상 수정테이프와 씨름할 필요가 없었다. 중간 수정이 쉽지 않으니 노트에 펜으로 글을 작성한 후 수정까지 마치고 다시 타이핑 하는 과정을 거쳐야 했던 타자기의 단점 따위는 사라졌다.

컴퓨터에 바로 글을 썼고, 몇 번을 다시 들여다보며 수정을 했다. 쉽게 단어를 지우고, 쉽게 문장을 끼워 넣기도 했다. 완성했으나 영 맘에 들지 않으면 쉽게 Del 키를 눌러 통째로 정리하기도 했다.

이제는 수첩보다 주로 핸드폰 메모 앱을 이용해 메모를 한다. 매일 글을 쓰지만, 노트가 아닌 컴퓨터에 쓰고 저장한다. 펜과 노트를 가지고 끄적이는 일은 점점 없어지는 시대에, 점점 그런 나로 살고 있다.

빠르게 쓰고, 쉽게 지우니 편해졌다. 그런데 가끔은 생각한다. 내가 좀 전에 지워버린 것이, 혹시 그것이 진짜가 아니었을까. 내일이 되어서 한 번 더 읽어보면 반짝반짝한 문장일지도 모르는데 너무 성급했던 건 아닐까. 쉽게 쓰는 것이 아닌데, 지우는 건 너무 쉽다. 그러니 조심해야 한다고 늘 자신에게 말하지만, backspace키로 그만 우르르 후진하고서 아차, 싶었던 적도 많다.

사는 일도 그렇다. 모든 것이 빠르고 편해진 시대다. 커서로 밀어버린 것들은 돌아오지 않는다. 수정테이프로 덮을 필요도 없고, 빠르고 편리하지만, 되돌릴 사이 없이 사라진 것들은 그렇게 사라진 채로 잊혀지고 마는 것이다. 그러니 좀 더 신중해야 하고, 한 번 더 들여다보아야 한다고 자신에게 말한다. 그것이 글이든, 다른 그 무엇이든 말이다.

시계 토끼를 따라가면

일 년에 한 번도 강원도를 가지 않았던 해도 많았다. 그런 사람이 매주 강원도를 옆 동네처럼 드나들기 시작했다. 깜깜한 새벽 두세 시면 낚싯대를 챙겨 들고 집을 나섰다. 초보 낚시꾼 시절이었던 십오 년 전이다.

"낚시가 왜 좋아요?"라고 사람들이 내게 물었다. 그

때나 지금이나 낚시라는 취미 자체가 여자들이 많이 하는 것은 아니다. 특히나 나처럼 강원도 계곡에서의 플라이낚시를 하는 여자들은 드문 시절이었다. 그런 물음을 받을 때마다 고민했다. 물고기를 잡는 순간도 좋았고, 물고기를 잡으러 가는 시간도 좋았는데, 낚시가 왜 좋으냐고 물어보면 명쾌하게 댈 이유는 딱히 없었다.

처음 낚시를 시작했을 즈음 나는 일이 너무 많았고, 너무 많은 일 중 놓을 수 있는 것은 없었다. 페달 밟는 일을 멈출 수 없는, 자전거를 타는 것 같은 일상이었다. 어느 날 우연히 인터넷에서 낚시하는 사진을 봤다. 넓은 물에서 리본 체조하듯 기다란 낚싯대를 휘두르는 사진이었다. 휘어진 낚싯대 끝의 긴 낚싯줄은 허공에 부드러운 곡선을 그리는 채로 멈추어 있었다. 그 사진 한 장에 매료되어, 얼마 후 낚싯대를 손에 들고 그렇게 플라이낚시를 시작했다. 인터넷 검색을 하다 알게 된 낚시꾼들의 블로그에서 정보를 얻고 도움을 받았다.

그들의 설명에 의지해 혼자 강원도 계곡을 찾아다녔다. 어쩌다 낚시꾼들을 만나 도움을 받기도 했다. 하지만, 대부분은 혼자였으므로 그대로 혼자가 편하고 익숙한 낚시꾼이 되었다. 남들은 보통 첫 출조에 잡는다는 산천어를 몇 달 걸려 잡았다. 사실, 처음에는 피라미와 산천어조차 구분하지 못해서 피라미를 잡고도 대상어인 산천어인 줄 알고 환호하는 수준이었다.

낚시도 운동감각과 관련이 있는 걸까 가끔 생각했다. 운동은 젬병인 사람이 나였다. 그래서인지 낚시 실력도 늘지 않았다. 어복이라는 것은 타고나는 부분일지도 모른다고 생각했다. 나는 어복도 없었다. 한 마리면 충분했고, 서너 마리 잡으면 만선이나 다름없었다.

어느덧 십오 년이 흘렀다. 처음 낚시를 시작했던 몇 년간은 일주일에 두세 번을 강원도 계곡 속으로 들어간 적도 있다. 피라미와 산천어도 구분 못 하고, 잡는 건 별반 없었지만 불꽃 같던 낚시 인생이었다고 지금도 혼자 웃는다. 그 시절에 비하면 지금은 좀 더 여유를 즐기는 낚시꾼이 되어있다. 나는 여전히 혼자 다니는 낚시꾼이다. 그때나 지금이나 한 마리 낚으면 충분하고, 서너 마리 낚으면 대박이라고 말하는 수준이다.

처음 낚시를 다니던 시절, 영동고속도로의 강천터널을 지나 다리를 건너면 '강원도' 표지판이 나오는 그 순간을 좋아했다. 시계 토끼를 따라 이상한 나라로 들어간 앨리스가 된 기분이었다. 지금도 강천터널을 지날 때면 저 앞 어딘가에서 나를 따라오라 손짓하고 있을 시계 토끼를 상상한다.

아직도 물가에 서면 사람들이 간혹 내게 던지던 질문이 떠오른다.

"낚시가 왜 좋아요?"

여전히 물고기를 잡는 것도 좋고, 물고기를 잡으러 가는 길도 좋아한다. 그러나 사실 진짜 좋아하는 순간은, 낚시를 하다 찾아오는 적요의 시간이다. 인가도 흔치 않은 강원도 계곡엔 차도 잘 지나가지 않는다. 물가에서 잠시 눈을 돌리면 하늘에 구름이 떠가고, 바람이 산의 나무를 흔드는 풍경이 보인다. 조용한 동네에선 간혹 개 짖는 소리가 난다. 가만히 눈을 감으면 흐르는 물소리가 들린다. 좀 더 집중하면 나를 스치고 지나가는 바람의 소리가 들릴 것도 같다.

그러한 적요의 순간, 그 순간이 좋아서 낚시를 하는지도 모르겠다. 잠시 인생의 페달을 멈추는 순간이다.

물론, 그런 적요의 순간은… 일단 한 마리라도 낚아야 찾아온다. 나는 어쨌거나 낚시꾼이니까 말이다.

그들이 그리는 그림

한식에 비가 많이 내려 성묘를 가지 못했다. 그래서 늦게라도 가보자고 나선 길에 잠시 들른 곳이 금산의 진산 성당이었다. 차도 거의 지나가지 않는 한적한 시골 마을 안쪽에 있었다. 성당 건물은 흰 외벽이 군데군데 벗겨져 있었고, 창문 역시 오랜 세월 속에 낡아 있었다. 그럼에도 불구하고 크고 웅장하지 않아서, 화려하게 잘 꾸며놓지 않아서 더 좋았다.

둘러보고 있는데 성당 안에서 시끄러운 소리가 새어 나왔다. 고래고래 소리를 지르기도 하고, 큰소리로 웃거나 떼를 쓰는 소리이기도 했다. 잠시 후 초로의 아버지와 그의 손에 이끌려 나온 아들인듯한 두 사람을 보고 지난 기억을 떠올렸다. 얼마 전 양수리 쪽 성지에서 만난 부자임이 분명했다.

사람은 열 번 보면 열 번 다 다른 사람일 정도로 사람 눈이 어두운 내가 그들을 기억하는 건 그 아이가 발달장애인인 듯했기 때문이다. 덩치는 이미 성인이었지만, 사방을 뛰어다니고, 아무 문이나 벌컥벌컥 열고, 소리를 질렀다. 그런데 또 그 와중에 해맑았다.

아이 아버지는 당황하지 않았고, 그렇다고 포기한 듯 아이가 하는 대로 내버려 두는 것도 아니었다. 아이 말을 받아주고, 조용히 어르기도 하며 옆에 두었다. 머리가 희끗희끗한 점잖은 인상이었는데 매우 미안해하며, 내게 성당 건물을 찾는다고 물어보셨던 기억이 있다. 할아버지라기엔 너무 젊고, 아마도 아버지인가 하는데 언뜻 "아빠랑 같이 가야지." 하는 소리를 듣고 부자가 맞는구나 했던 그 날이 떠올랐다.

아는 척은 하지 않았다. 한시도 가만있지 않고, 말이 통하지 않는 아들을 데리고 성지순례를 하는 아버지의 마음을 생각했다. 수박 겉핥기 하듯 대충 보고 순례 인증 도장을 찍고 나서 돌아보니, 그들 부자는 경내를 한 바퀴 돌고 있었다. 앞에서 아들은 떠들며 뛰어다녔고, 아버지는 조용히 웃으며 따라 걸었다. 잠깐 안쓰럽다고 생각한 나 자신이 부끄러울 만큼 그들 부자는 한 장의 그림처럼 평화로워 보였다.

물론 현실에서 그들의 인생이 그림처럼 평화롭기만 할 리는 없다. 그러나 "그럼에도 불구하고… 좋다"라는 순간이 그들의 인생에 참 많을 것 같다는 생각이 들었다. 아니, 그랬으면 좋겠다고 생각했다.

진산성당에서 나와 찾아간 부모님 묘소에서 잠시 이른 아침 금산에서 보았던 그 부자를 다시 떠올려봤다. 특히, 천둥벌거숭이같이 구는 아들 옆에서 잔잔히 웃던 그 아버지를 말이다. 부모가 되어보니 부모의 마음이 조금 이해되기도 하는데, 왜 나는 정작 내 부모에 겐 끝까지 속없고 철없는 자식이기만 했던가 싶어 한 없이 부끄럽고 슬퍼졌다.

호기심이 발동하는 첫 문장

수필가 오덕렬
〈창작수필〉 작가, 〈산문의 詩〉 시인·평론가

『그저 그리워할 뿐이다』!

전명원 작가의 수필집 표제다. 산뜻하다. 표제! 성장한 여인의 장신구 같은 것이랄까. 수필집 전체를 받쳐주는 상징적 역할을 한다. 수필집을 펼치니, 44편의 얼굴들이 '저요, 저요 초등학교 저학년 교실 같다'. 제일 앞줄의 「앵두나무가 있는 마당」에 마음이 쏠렸다.

"어려서 살던 집 마당에 앵두나무가 있었다." 첫 문장이다. 뭔가 있을 것 같은 호기심이 발동한다. 호기심을 갖게 했다는 것은 첫 문장으로서 일단 성공이다. 작품의 '서두 문장의 역할'은 무엇일까? 보는 바와 같이 독자를 붙들고 읽게 만드는 일이다. 그러면서 작품이 어떻게 전개될 것인가 암시하면서 작품의 문을 활짝 열어 주면 좋다. 현실에서 취해온 소재를 가지고 독자를 내 작품 속의 소재 속으로 위치 이동을 시키면 최상이다. 아무리 좋은 작품도 독자가 읽지 않으면 끝이다.

첫 문장에 쏠려 끝까지 읽게 되었다. 수필치고는 좀 길다. 200자 원고지 근 18장이나 된다. 지금 추세로는 산문의 창작적 변화를 일으키면서 한 10장 내외쯤이면 좋다. 그런데 왜 긴 문장이 한숨에 읽히고 마는가? 그 것은 솔직한 문장 솜씨에 있다. 직감적으로 톡톡 튕기는 맛을 내는 문장 표현에 있다. 또, 찬찬히 살펴보니 장면 전환 기법이 뛰어나다. 첫 문장에 이어, "아빠는 군인이었다." "딸아이가 태어났다." "가끔 생각했다." 이런 식이다. 호기심을 자극하면서 전체적으로 주제를 살려 나가고 있다.

크게 보면 문학은 이야기다. 장르와 관계없이 말이

다. 그것이 정서적 이야기냐, 사건적 이야기냐만 다를 뿐이다. 수필은 아무래도 사건적 이야기 쪽이다. 그러나 좋은 수필은 정서적 이야기가 합해져서 이야기를 이끌어가고 있다. 문학수필일 때 그렇다. 작가는 이야기꾼 기질이 내재되어 있음을 본다. 자서전 쓰기 강좌에 우연히 신청했다고 했다. 툭 던진 한마디에 독자는 또 끌리고 말기 때문이다. 문학은 이야기이듯이 모든 자기 작품은 자서전의 일부다. 자서전은 문학 장르로 치면 수필과 가까운 친척이다.

전명원 작가는 이제 전문적인 이야기꾼으로 변신을 꾀하고 있다. 여행과 독서! 이것은 이야기 소재를 찾아 나선 것이다. 소재 연구가 충실한 작품은 이미 성공한 것이다. 수필의 운명은 밖에서 찾은 소재를 작품 안으로 끌고 들어와 제재로 삼아서 거기서부터 작품화하는 것이 시나 소설과 다른 점이다. 이런 수필의 소재를 다루는 법이 익숙하게 된다면 창작수필에 접근하게 될 것이다. 다음 수필집이 기대되는 소이다.

그저 그리워할 뿐이다

초판인쇄 ㅣ 2022. 04. 05.
초판발행 ㅣ 2022. 04. 15.

지은이 ㅣ 전명원
발행인 ㅣ 오무경
디자인 ㅣ 이호정
펴낸곳 ㅣ (주)풍백미디어
출판등록 ㅣ 2020년 9월 2일 제2020-000108호
주소 ㅣ 서울시 강서구 강서로7길 28, 101호(화곡동, 해태드림타운)
팩스 ㅣ 0504-250-3389
이메일 ㅣ firstwindmedia@naver.com
블로그 ㅣ https://blog.naver.com/firstwindmedia

ISBN 979-11-971708-6-7 (03810)

이 출판물은 카페24 고운밤, KoPubWorld돋움체/바탕체, 아리따 돋움/부리를 사용하였습니다.